COLLECTION FOLIO

Comtesse de Ségur

Ourson

ÉDITION ÉTABLIE ET PRÉSENTÉE
PAR MARTINE REID

Gallimard

© *Éditions Gallimard*, 2010.

PRÉSENTATION

Pour Marie-Cécile et Dominique

Un crapaud énorme mange des cerises quand il est chassé à coups de balai par une jeune femme enceinte. La bête n'est autre que la fée Rageuse. Pour se venger, elle prédit à la ménagère qu'elle va mettre au monde un enfant couvert de fourrure. La suite du conte ne dément pas la tradition attachée depuis des siècles à cette forme littéraire. Les personnages profèrent tour à tour des malédictions et des promesses; les animaux parlent et chantent; les hommes se transforment en bêtes et vice versa. Les fées veillent, tantôt bienveillantes, tantôt mauvaises, agitant parfois dans leur empyrée de sombres querelles. Les princes ne sont malheureux qu'un moment, les princesses aussi. Heureusement, les sortilèges ont toujours une fin, quelques objets étranges y pourvoient. Après la pluie, le beau temps.

C'est par la rédaction de cinq contes de fées que

la comtesse de Ségur commence sa tardive mais féconde carrière littéraire. Le genre est traditionnellement associé au féminin : à la suite de Mme d'Aulnoy, les conteuses — du XVIIIe siècle surtout — ont été nombreuses à composer de brefs récits merveilleux. Si elle renonce rapidement aux fées, la comtesse de Ségur n'en a pas moins campé quelques beaux personnages de fillettes déterminées, telle Violette, compagne de jeux du nommé Ourson. Pendant quinze ans, romans, comédies et proverbes, auxquels s'ajoutent aussi quelques ouvrages pieux et un livre de médecine familiale, seront produits à bon rythme, soit une trentaine d'ouvrages au total. Ceux-ci vont assurer à leur auteur une immense célébrité et bouleverser la littérature enfantine à laquelle le nom de la comtesse sera longtemps associé, même si ce type de production ne naît pas avec elle, loin s'en faut. Parmi ses figures pionnières, il compte Mme Leprince de Beaumont, auteur du *Magasin des enfants* (1756) qui connaît un immense succès. Les publications destinées aux enfants se multiplient au siècle suivant ; les éditeurs leur consacrent alors les premiers magazines et collections spécialisés.

Sophie de Ségur a plus d'une cinquantaine d'années déjà quand elle songe à écrire et à publier. En septembre 1855, elle signe son premier contrat avec l'un des grands éditeurs du moment, Louis Hachette. «Il pleut des Contes à mes enfants, à mes petits-enfants, à ma fille, à ma petite nièce, à mon neveu, à mon filleul, d'une grand-mère, d'un grand-papa, etc. Je ne veux être ni plagiaire ni doublure », écrit-elle avec aplomb à son éditeur qui lui a dicté le titre de son ouvrage. Il accepte finalement celui de la comtesse, *Nouveaux Contes de fées*. Ceux-ci accompagnent le lancement en 1857 d'un hebdomadaire, *La Semaine des enfants*, avant de paraître en volume, illustrés par Gustave Doré (en pourpoint et chausses, le visage velu et les cheveux en désordre, Ourson semble tout droit sorti d'un conte de Perrault). Le succès est immédiat. Un grand nombre des romans de Sophie de Ségur paraîtront de même en feuilleton dans l'hebdomadaire pour enfants puis dans deux collections de l'éditeur Hachette, la « Bibliothèque des chemins de fer », créée en 1852, et la « Bibliothèque rose », créée en 1855. D'autres auteurs de la littérature enfantine publieront également leurs ouvrages dans cette dernière collection, parmi lesquels Zénaïde Fleuriot, Mme de Stoltz, Mlle du Planty et deux des filles de Sophie de Ségur, Henriette et Olga.

Rapidement considérable, le succès des œuvres de la comtesse de Ségur, illustrées par des dizaines de dessinateurs, ne se démentira guère pendant plus d'un siècle. Traduits en une cinquantaine de langues, vendus à plus de trente millions d'exemplaires pour la seule librairie Hachette, les ouvrages ont accompagné l'enfance de millions de petites filles et de petits garçons à travers le monde. Les petites filles surtout, expressément convoquées comme lectrices des *Petites Filles modèles* et des *Malheurs de Sophie*, devaient, pendant plusieurs générations, s'identifier aux personnages de fillettes tour à tour étourdies et cruelles, bonnes et courageuses, flanquées de mères sévères et de pères indulgents, faisant, non sans danger parfois, toutes sortes d'expériences par elles-mêmes. La violence feutrée des récits, la nature parfois trouble des relations suggérées entre les personnages devaient leur plaire pour n'être pas toujours sans trouver d'écho dans la réalité ordinaire des familles ou dans leur imagination. Habitée par ce monde fictif rendu bien vivant grâce notamment à l'usage de la forme dialoguée, plus d'une lectrice devait ensuite se transformer en «scriptrice». «À plat ventre sur la moquette rouge, je lisais madame de Ségur, se souvient Simone de Beauvoir dans *Mémoires d'une jeune fille rangée*. [...] Ordinairement, je ne cherchais guère de correspondance entre les fantaisies des livres et la réalité; [...] c'est pourquoi, malgré les étranges arrière-plans qu'y découvrent avec ingéniosité les adultes, les romans de madame de Ségur ne m'ont jamais étonnée. [...] Les livres seuls, et non le monde dans sa crudité, pouvaient me fournir des modèles; je pastichai. Ma première œuvre s'intitula *Les Malheurs de Marguerite*.» «J'ai toujours détesté les livres de la comtesse de Ségur, se souvient à l'inverse Marguerite Yourcenar dans *Les Yeux ouverts*, la "Bibliothèque rose" me donne encore mal au cœur quand j'en vois un exemplaire : ces enfants m'irritaient, ne me paraissaient pas réels, et déjà comme souillés par toutes les conventions que je percevais très bien. »

Le nom de la comtesse de Ségur convoque en effet deux images contradictoires. La première a été construite de son vivant par une famille, nombreuse, extrêmement soucieuse de sa réputation. Après sa mort, plusieurs de ses enfants, dont son fils Gaston, quelques parents et amis, ont généreusement témoigné par écrit du caractère exemplaire de l'écrivain pour enfants. La vieille dame aux yeux gris et aux cheveux cendrés, à la silhouette mince et droite malgré les années, y apparaît portée par un immense amour maternel et « grand-maternel ». Au caractère russe, énergique et déterminé, elle allie la finesse des usages aristocratiques français ; elle marie les manières les plus naturellement policées avec un catholicisme rigoureux, mâtiné d'inflexions sociales. Elle écrit pour instruire et éduquer, pour édifier aussi, comme le rappellent quelques-unes de ses publications religieuses. Elle vit comme elle meurt, en sainte.

Cette image a été revue par quelques biographies récentes et sensiblement nuancée. Sophie de Ségur a pris les traits, plus voisins de la réalité sans doute, d'une femme autoritaire, victime dès l'enfance d'un milieu brutal et contraignant, peu aimée d'une belle-famille qui lui reproche des goûts de luxe, des toilettes voyantes, des manières de « Tar-

tare ». Assez malheureuse en ménage, elle dresse ses sept enfants contre leur père, préfère à tout son fils Gaston devenu prêtre puis frappé de cécité, aime un peu la plus jeune de ses filles, Olga, beaucoup l'un de ses petits-fils, Jacques de Pitray. Elle s'entiche pour longtemps de Louis Veuillot, catholique intégriste dont elle défend les vues avec passion, après avoir été sous le charme du brillant Eugène Sue (une bonne partie du *Juif errant* a été écrite au château des Nouettes, propriété normande de la comtesse). À la suite de son huitième accouchement en 1835, Sophie de Ségur se replie sur elle-même, ne quitte presque plus sa chaise longue, refuse par moments de parler et communique avec ses proches grâce à une ardoise. Ces longues années de dépression apparaissent rétrospectivement comme un temps de latence pendant lequel se constitue dans l'immobilité et le silence une voix propre, celle d'une romancière qui ne va pas cesser de revivre, de récrire et de transformer ses *sensations* d'enfant : sensations physiques aiguisées par les châtiments corporels, sensations psychologiques avivées par les humiliations infligées par une mère très instruite, convertie en cachette au catholicisme le plus strict.

Par la création d'une inoubliable galerie de personnages, Sophie de Ségur se libère de son passé, de la famille et de la maternité tout en constituant ces derniers en modèles indépassables, s'enferrant ainsi dans une contradiction qu'elle ne résoudra pas. Le caractère édifiant de ses romans a toutefois été renforcé par les correcteurs de la maison Hachette et par les éditeurs de *La Semaine des enfants*. Ceux-ci changent parfois les titres des ouvrages, suppriment certaines répliques et certaines scènes pour en proposer d'autres ; de son côté Gaston, auquel sa mère a pris l'habitude de lire ses compositions à voix haute, l'invite à adoucir certains passages et à accentuer le caractère exemplaire de certains autres (ainsi pour *Mémoires d'un âne* qui se voit augmenté de trois nouveaux chapitres et d'une fin plus morale). Les vives arêtes de la prose de Sophie de Ségur ont été limées, ses trouvailles, parfois brutales, lissées par d'autres, comme si rien dans son existence ne pouvait décidément échapper au contrôle de ses proches.

Quelques critiques ont souligné le caractère étonnamment pervers des scénarios imaginés, le mélange bizarre de sadisme et de masochisme consenti de ces fictions faussement naïves, redoutables machines de guerre laissées dans le domaine de la littérature pour enfants par une femme faisant de l'écriture l'exutoire tardif d'une grande violence intérieure. Dans les livres de Sophie de Ségur, les moments de joie et de vraie liberté sont rares ; rapidement l'aventure (promenade, piquenique, projet de pêche à la ligne ou travaux dans le jardin) tourne au « malheur » ; l'incartade est aussitôt rapportée et punie. Les règles, les obligations, les contraintes en nombre considérable ne semblent exister que pour être régulièrement enfreintes et provoquer aussitôt la punition sous forme de privations, d'humiliations et de coups : les enfants sont régulièrement fouettés, les femmes aussi (ainsi Mme Papofski dans *Le Général Dourakine*). Par ailleurs, les paysans, les ouvriers, les subalternes de toutes catégories sont malmenés par la vie ; ils ne doivent leur bonheur qu'à leurs maîtres, et qu'à eux-mêmes, pour autant qu'ils aiment l'effort et le travail. Toujours menacé, toujours rétabli, l'ordre règne, défendu par les plus forts (l'homme, le maître, généralement aristocrate, Dieu). Pris dans une dynamique de rébellion et de répression auxquelles ils ne semblent pas pouvoir échapper, domestiques, femmes, enfants et animaux sont invités à filer doux et à se tenir à leur place.

On a volontiers comparé les écrits de Sophie de Ségur à ceux de deux autres femmes auteurs qui avaient notamment écrit pour les enfants, Félicité de Genlis (1746-1830), que le père de la comtesse avait croisée à Spa en 1787, et George Sand (1804-1876). La première pourtant ne prône pas les punitions, les sévices, la répression des mauvais instincts ; les enfants qu'elle met en scène sont naturellement pourvus de qualités et presque toujours soucieux de s'instruire et de bien faire. Quant à la seconde, elle apparaît surtout attentive, dans ses *Contes d'une grand-mère*, publiés en 1873 et en 1876, au développement intellectuel et moral des jeunes enfants et les encourage à découvrir qu'ils sont fondamentalement faits pour vivre en harmonie avec la nature et la société. Un troisième nom de femme auteur mériterait peut-être d'être rapproché de celui de Sophie de Ségur. Celui de Rachilde (1860-1953), dont les scénarios cruels et un sens aigu des vertiges de l'insoumission ne sont pas sans rappeler l'étonnant petit théâtre d'ombres que la comtesse a créé à l'intention de son jeune public.

Il y a toutefois chez Sophie de Ségur une vraie drôlerie, une manière inégalée de reconstituer le réel à l'aide de saynètes d'une grande netteté, un intérêt véritable pour les rapports de classe, les questions économiques et sociales, les paradoxes de l'éducation. Les trouvailles de l'onomastique romanesque, les surnoms et hypocoristiques attribués à de nombreux personnages, l'attention portée au français parlé par les étrangers, italiens, allemands ou russes, un sens très vif de la réplique et de ses effets ont également contribué à faire de ses romans pour enfants une œuvre littéraire véritable, sans autre équivalent dans l'histoire de la littérature en France, et qui continue de mériter l'intérêt des grands et l'émerveillement des petits.

MARTINE REID

NOTE SUR LE TEXTE

Nous reproduisons le texte d'*Ourson* tel qu'il a paru dans l'édition originale (*Nouveaux Contes de fées pour les petits enfants*, Paris, Librairie L. Hachette et Cie, «Bibliothèque des chemins de fer», 1857, p. 153-245). Signé «Mme la comtesse de Ségur, née Rostopchine», dédié à Camille et Madeleine de Malaret, deux des petites-filles de l'auteur, le volume comporte vingt vignettes de Gustave Doré, dont l'une, placée en frontispice, représente Ourson luttant contre un sanglier.

OURSON

I

Le crapaud et l'alouette

Il y avait une fois une jolie fermière qu'on nommait Agnella ; elle vivait seule avec une jeune servante qui s'appelait Passerose, ne recevait jamais de visites et n'allait jamais chez personne.

Sa ferme était petite, jolie et propre ; elle avait une belle vache blanche qui donnait beaucoup de lait, un chat qui mangeait les souris et un âne qui portait tous les mardis, au marché de la ville voisine, les légumes, les fruits, le beurre, les œufs, les fromages qu'elle y vendait.

Personne ne savait quand et comment Agnella et Passerose étaient arrivées dans cette ferme inconnue jusqu'alors, et qui reçut dans le pays le nom de *Ferme des Bois*.

Un soir, Passerose était occupée à traire la

vache, pendant qu'Agnella préparait le souper. Au moment de placer sur la table une bonne soupe aux choux et une assiettée de crème, elle aperçut un gros crapaud qui dévorait avec avidité des cerises posées à terre dans une large feuille de vigne.

« Vilain crapaud, s'écria Agnella, je t'apprendrai à venir manger mes belles cerises ! »

En même temps elle enleva les feuilles qui contenaient les cerises, et donna au crapaud un coup de pied qui le fit rouler à dix pas. Elle allait le lancer au-dehors, lorsque le crapaud poussa un sifflement aigu et se dressa sur ses pattes de derrière ; ses gros yeux flamboyaient, sa large bouche s'ouvrait et se fermait avec rage ; tout son corps frémissait, sa gorge rendait un son mugissant et terrible.

Agnella s'arrêta interdite ; elle recula même d'un pas pour éviter le venin de ce crapaud monstrueux et irrité. Elle cherchait autour d'elle un balai pour expulser ce hideux animal, lorsque le crapaud s'avança vers elle, lui fit de sa patte de devant un geste d'autorité et lui dit d'une voix frémissante de colère :

« Tu as osé me toucher de ton pied, tu m'as empêché de me rassasier de tes cerises que tu avais pourtant mises à ma portée, tu as cherché à me chasser de chez toi ! Ma vengeance t'atteindra dans ce que tu auras de plus cher. Tu sentiras qu'on n'insulte pas impunément la fée Rageuse ! Tu vas avoir un fils couvert de poils comme un ours, et...

— Arrêtez, ma sœur », interrompit une petite voix douce et flûtée qui semblait venir d'en haut. (Agnella leva la tête et vit une alouette perchée sur le haut de la porte d'entrée.) « Vous vous vengez trop cruellement d'une injure infligée non à votre caractère de fée, mais à la laide et sale enveloppe que vous avez choisie. Par l'effet de ma puissance, supérieure à la vôtre, je vous défends d'aggraver le mal que vous avez déjà fait et qu'il n'est pas en mon pouvoir de défaire. Et vous, pauvre mère, continua-t-elle en s'adressant à Agnella, ne désespérez pas ; il y aura un remède possible à la difformité de votre enfant. Je lui accorde la facilité de changer de peau avec la personne à laquelle il aura, par sa bonté et par des services rendus, inspiré une reconnaissance et une affection assez vives pour qu'elle consente à cet échange. Il reprendra alors la beauté qu'il aurait eue si ma sœur la fée Rageuse n'était venue faire preuve de son mauvais caractère.

— Hélas, madame l'alouette, répondit Agnella, votre bon vouloir n'empêchera pas mon pauvre fils d'être horrible et semblable à une bête.

— C'est vrai, répliqua la fée Drôlette, d'autant qu'il vous est interdit, ainsi qu'à Passerose, d'user de la faculté de changer de peau avec lui ; mais je ne vous abandonnerai pas, non plus que votre fils. Vous le nommerez *Ourson* jusqu'au jour où il pourra reprendre un nom digne de sa naissance et de sa beauté ; il s'appellera alors *le prince Merveilleux*. »

En disant ces mots, la fée disparut, s'envolant dans les airs.

La fée Rageuse se retira pleine de fureur, marchant pesamment et se retournant à chaque pas pour regarder Agnella d'un air irrité. Tout le long du chemin qu'elle suivit, elle souffla du venin, de sorte qu'elle fit périr l'herbe, les plantes et les arbustes qui se trouvèrent sur son passage. C'était un venin si subtil que jamais l'herbe n'y repoussa et que maintenant encore on appelle ce sentier le *Chemin de la fée Rageuse*.

Quand Agnella fut seule, elle se mit à sangloter. Passerose, qui avait fini son ouvrage, et qui sentait approcher l'heure du souper, entra dans la salle, et vit avec surprise sa maîtresse en larmes.

« Chère reine, qu'avez-vous ? Qui peut avoir causé votre chagrin ? Je n'ai jamais vu entrer personne dans la maison.

— Personne, ma fille, excepté celles qui entrent partout : une fée méchante sous la forme d'un crapaud, et une bonne fée sous l'apparence d'une alouette.

— Que vous ont dit ces fées qui vous fasse ainsi pleurer, chère reine ? La bonne fée n'a-t-elle pas empêché le mal que voulait vous faire la mauvaise ?

— Non, ma fille ; elle l'a un peu atténué, mais elle n'a pu le prévenir. »

Et Agnella lui raconta ce qui venait de se passer, et comme quoi elle aurait un fils velu comme un ours.

À ce récit, Passerose pleura aussi fort que sa maîtresse.

« Quelle infortune ! s'écria-t-elle. Quelle honte que l'héritier d'un beau royaume soit un ours ! Que dira le roi Féroce, votre époux, si jamais il vous retrouve ?

— Et comment me retrouverait-il, Passerose ? Tu sais qu'après notre fuite nous avons été emportées dans un tourbillon, que nous avons été lancées de nuée en nuée, pendant douze heures, avec une vitesse telle que nous nous sommes trouvées à plus de trois mille lieues du royaume de Féroce. D'ailleurs, tu connais sa méchanceté, tu sais combien il me hait depuis que je l'ai empêché de tuer son frère Indolent et sa belle-sœur Nonchalante. Tu sais que je ne me suis sauvée que parce qu'il voulait me tuer moi-même ; ainsi je n'ai pas à craindre qu'il me poursuive. »

Passerose, après avoir pleuré et sangloté quelques instants avec la reine Aimée (c'était son vrai nom), engagea sa maîtresse à se mettre à table.

« Quand nous pleurerions toute la nuit, chère reine, nous n'empêcherons pas votre fils d'être velu ; mais nous tâcherons de l'élever si bien, de le rendre si bon, qu'il ne sera pas longtemps sans trouver une bonne âme qui veuille changer sa peau blanche contre la vilaine peau velue de la fée

Rageuse. Beau présent, ma foi ! Elle aurait bien fait de le garder pour elle. »

La pauvre reine, que nous continuerons d'appeler Agnella, de crainte de donner l'éveil au roi Féroce, se leva lentement, essuya ses yeux, et s'efforça de vaincre sa tristesse ; petit à petit le babil et la gaieté de Passerose dissipèrent son chagrin ; la soirée n'était pas finie, que Passerose avait convaincu Agnella qu'Ourson ne resterait pas longtemps ours, qu'il trouverait bien vite une peau digne d'un prince ; qu'au besoin elle lui donnerait la sienne, si la fée voulait bien le permettre.

Agnella et Passerose allèrent se coucher et dormirent paisiblement.

II

Naissance et enfance d'Ourson

Trois mois après l'apparition du crapaud et la sinistre prédiction de la fée Rageuse, Agnella mit au jour un garçon, qu'elle nomma Ourson, selon les ordres de la fée Drôlette. Ni elle ni Passerose ne purent voir s'il était beau ou laid, car il était si velu, si couvert de longs poils bruns, qu'on ne lui voyait que les yeux et la bouche ; encore ne les voyait-on que lorsqu'il les ouvrait. Si Agnella n'avait été sa mère, et si Passerose n'avait aimé Agnella comme une sœur, le pauvre Ourson serait mort faute de soins, car il était si affreux que personne n'eût osé le toucher ; on l'aurait pris pour un petit ours, et on l'aurait tué à coups de fourche. Mais Agnella était sa mère, et son premier mouvement fut de l'embrasser en pleurant.

« Pauvre Ourson, dit-elle, qui pourra t'aimer assez pour te délivrer de ces affreux poils ? Ah ! que ne puis-je faire l'échange que permet la fée à celui ou à celle qui t'aimera ? Personne ne pourra t'aimer plus que je ne t'aime ! »

Ourson ne répondit rien, car il dormait.

Passerose pleurait aussi pour tenir compagnie à Agnella, mais elle n'avait pas coutume de s'affliger longtemps ; elle s'essuya les yeux et dit à Agnella :

« Chère reine, je suis si certaine que votre fils ne gardera pas longtemps sa vilaine peau d'ours, que je vais l'appeler dès aujourd'hui le prince Merveilleux.

— Garde-t'en bien, ma fille, répliqua vivement la reine : tu sais que les fées aiment à être obéies. »

Passerose prit l'enfant, l'enveloppa avec les langes qui avaient été préparés, et se baissa pour l'embrasser ; elle se piqua les lèvres aux poils d'Ourson et se redressa précipitamment.

« Ça ne sera pas moi qui t'embrasserai souvent, mon garçon, murmura-t-elle à mi-voix. Tu piques comme un vrai hérisson ! »

Ce fut pourtant Passerose qui fut chargée par

Agnella d'avoir soin du petit Ourson. Il n'avait de l'ours que la peau : c'était l'enfant le plus doux, le plus sage, le plus affectueux qu'on pût voir. Aussi Passerose ne tarda-t-elle pas à l'aimer tendrement.

À mesure qu'Ourson grandissait, on lui permettait de s'éloigner de la ferme ; il ne courait aucun danger, car on le connaissait dans le pays ; les enfants se sauvaient à son approche ; les femmes le repoussaient ; les hommes l'évitaient : on le considérait comme un être maudit. Quelquefois, quand Agnella allait au marché, elle le posait sur son âne, et l'emmenait avec elle. Ces jours-là, elle vendait plus difficilement ses légumes et ses fromages ; les mères fuyaient, de crainte qu'Ourson ne les approchât de trop près. Agnella pleurait souvent et invoquait vainement la fée Drôlette ; à chaque alouette qui voltigeait près d'elle, l'espoir renaissait dans son cœur ; mais ces alouettes étaient de vraies alouettes, des alouettes à mettre en pâté, et non des alouettes fées.

III

Violette

Cependant Ourson avait déjà huit ans ; il était grand et fort ; il avait de beaux yeux, une voix douce ; ses poils avaient perdu leur rudesse ; ils étaient devenus doux comme de la soie, de sorte qu'on pouvait l'embrasser sans se piquer, comme avait fait Passerose le jour de sa naissance. Il aimait tendrement sa mère, presque aussi tendrement Passerose, mais il était souvent triste et souvent seul : il voyait bien l'horreur qu'il inspirait, et il voyait aussi qu'on n'accueillait pas de même les autres enfants.

Un jour, il se promenait dans un beau bois qui touchait presque à la ferme ; il avait marché longtemps ; accablé de chaleur, il cherchait un endroit frais pour se reposer, lorsqu'il crut voir une petite masse blanche et rose à dix pas de lui. S'approchant avec précaution, il vit une petite fille endormie : elle paraissait avoir trois ans ; elle était jolie comme les amours ; ses boucles blondes couvraient en partie un joli cou blanc et potelé ; ses petites joues fraîches et arrondies avaient deux fossettes rendues plus visibles par le demi-sourire de ses lèvres roses et entrouvertes, qui laissaient voir des dents semblables à des perles. Cette charmante tête était posée sur un joli bras que terminait une main non moins jolie ; toute l'attitude de cette petite fille était si gracieuse, si charmante, qu'Ourson s'arrêta immobile d'admiration.

Il contemplait avec autant de surprise que de plaisir cette enfant qui dormait dans cette forêt aussi tranquillement qu'elle eût dormi dans un bon lit. Il la regarda longtemps ; il eut le temps de considérer sa toilette, qui était plus riche, plus élégante que toutes celles qu'il avait vues dans la ville voisine.

Elle avait une robe en soie blanche brodée d'or ; ses brodequins étaient en satin bleu également brodés en or ; ses bas étaient en soie et d'une finesse extrême. À ses petits bras étincelaient de magnifiques bracelets dont le fermoir semblait recouvrir un portrait. Un collier de très belles perles entourait son cou.

Une alouette, qui se mit à chanter juste au-dessus de la tête de la petite fille, la réveilla. Elle ouvrit les yeux, regarda autour d'elle, appela sa bonne, et, se voyant seule dans un bois, se mit à pleurer.

Ourson était désolé de voir pleurer cette jolie enfant : son embarras était très grand.

« Si je me montre, se disait-il, la pauvre petite va me prendre pour un animal de la forêt ; elle aura peur, elle se sauvera et s'égarera davantage encore. Si je la laisse là, elle mourra de frayeur et de faim. »

Pendant qu'Ourson réfléchissait, la petite tourna les yeux vers lui, l'aperçut, poussa un cri, chercha à fuir et retomba épouvantée.

« Ne me fuyez pas, chère petite, lui dit Ourson de sa voix douce et triste ; je ne vous ferai pas de mal ; bien au contraire, je vous aiderai à retrouver votre papa et votre maman. »

La petite le regardait toujours, avec de grands yeux effarés, et semblait terrifiée.

« Parlez-moi, ma petite, continua Ourson ; je ne

suis pas un ours, comme vous pourriez le croire, mais un pauvre garçon bien malheureux, car je fais peur à tout le monde, et tout le monde me fuit. »

La petite le regardait avec des yeux plus doux ; sa frayeur se dissipait ; elle semblait indécise.

Ourson fit un pas vers elle ; aussitôt la terreur de la petite prit le dessus ; elle poussa un cri aigu et chercha encore à se relever pour fuir.

Ourson s'arrêta ; il se mit à pleurer à son tour.

« Infortuné que je suis, s'écria-t-il ! Je ne puis même venir au secours de cette pauvre enfant abandonnée. Mon aspect la remplit de terreur ! Elle préfère l'abandon à ma présence ! »

En disant ces mots, le pauvre Ourson se couvrit le visage de ses mains et se jeta à terre en sanglotant.

Au bout d'un instant, il sentit une petite main qui cherchait à écarter les siennes ; il leva la tête et vit l'enfant debout devant lui, ses yeux pleins de larmes.

Elle caressait les joues velues du pauvre Ourson.

« Pleure pas, petit ours, dit-elle ; pleure pas ; Violette n'a plus peur ; plus se sauver. Violette aimer pauvre petit ours ; petit ours donner la main à Violette, et si pauvre petit ours pleure encore, Violette embrasser pauvre ours. »

Des larmes de bonheur, d'attendrissement, succédèrent chez Ourson aux larmes de désespoir.

Violette, le voyant pleurer encore, approcha sa

jolie petite bouche de la joue velue d'Ourson, et lui donna plusieurs baisers en disant :

« Tu vois, petit ours, Violette pas peur ; Violette baiser petit ours ; petit ours pas manger Violette. Violette venir avec petit ours. »

Si Ourson s'était écouté, il aurait pressé contre son cœur et couvert de baisers cette bonne et charmante enfant, qui faisait violence à sa terreur pour calmer le chagrin d'un pauvre être qu'elle voyait malheureux. Mais il craignit de l'épouvanter.

« Elle croira que je veux la dévorer », se dit-il.

Il se borna donc à lui serrer doucement les mains et à les baiser délicatement. Violette le laissait faire et souriait.

« Petit ours content ? Petit ours aimer Violette ? Pauvre Violette ! Perdue ! »

Ourson comprenait bien qu'elle s'appelait Violette ; mais il ne comprenait pas du tout comment cette petite fille, si richement vêtue, se trouvait toute seule dans la forêt.

« Où demeures-tu, ma chère petite Violette ?

— Là-bas, là-bas, chez papa et maman.

— Comment s'appelle ton papa ?

— Il s'appelle le roi, et maman, c'est la reine. »

Ourson, de plus en plus surpris, demanda :

« Pourquoi es-tu toute seule dans la forêt ?

— Violette sait pas. Pauvre Violette montée sur un gros chien : gros chien courir vite, vite, longtemps. Violette fatiguée, tombée, dormi.

— Et le chien, où est-il ? »

Violette se tourna de tous côtés, appela de sa douce petite voix :

« Ami ! Ami ! »

Aucun chien ne parut.

« Ami parti, Violette toute seule. »

Ourson prit la main de Violette ; elle ne la retira pas et sourit.

« Veux-tu que j'aille chercher maman, ma chère Violette ?

— Violette pas rester seule dans le bois, Violette aller avec petit ours.

— Viens alors avec moi, chère petite ; je te mènerai à maman à moi. »

Ourson et Violette marchèrent vers la ferme. Ourson cueillait des fraises et des cerises pour Violette, qui ne les mangeait qu'après avoir forcé Ourson à en prendre la moitié. Quand Ourson gardait dans sa main la part que Violette lui adjugeait, Violette reprenait les fraises et les cerises, et les mettait elle-même dans la bouche d'Ourson, en disant :

« Mange, mange, petit ours. Violette pas manger si petit ours ne mange pas. Violette veut pas pauvre ours malheureux. Violette veut pas pauvre ours pleurer. »

Et elle le regardait attentivement pour voir s'il était content, s'il avait l'air heureux.

Il était réellement heureux, le pauvre Ourson, de voir que son excellente petite compagne non seulement le supportait, mais encore s'occupait de lui et cherchait à lui être agréable. Ses yeux s'animaient d'un bonheur réel; sa voix toujours si douce prenait des accents encore plus tendres. Après une demi-heure de marche, il lui dit:

«Violette n'a donc plus peur du pauvre Ourson?

— Oh non! oh non! s'écria-t-elle. Ourson bien bon; Violette pas vouloir quitter Ourson.

— Tu voudras donc bien que je t'embrasse, Violette? tu n'auras pas peur?»

Pour toute réponse, Violette se jeta dans ses bras.

Ourson l'embrassa tendrement, la serra contre son cœur.

«Chère Violette, dit-il, je t'aimerai toujours; je n'oublierai jamais que tu es la seule enfant qui ait voulu me parler, me toucher, m'embrasser.»

Ils arrivèrent peu après à la ferme. Agnella et Passerose étaient assises à la porte; elles causaient.

Lorsqu'elles virent arriver Ourson donnant la main à une jolie petite fille richement vêtue, elles furent si surprises, que ni l'une ni l'autre ne put proférer une parole.

«Chère maman, dit Ourson, voici une bonne et charmante petite fille que j'ai trouvée endormie dans la forêt; elle s'appelle Violette, elle est bien gentille, je vous assure, elle n'a pas peur de moi, elle m'a même embrassé quand elle m'a vu pleurer.

— Et pourquoi pleurais-tu, mon pauvre enfant? dit Agnella.

— Parce que la petite fille avait peur de moi, répondit Ourson d'une voix triste et tremblante...

— À présent, Violette a plus peur, interrompit vivement la petite. Violette donner la main à Ourson, embrasser pauvre Ourson, faire manger des fraises à Ourson.

— Mais que veut dire tout cela ? dit Passerose. Pourquoi est-ce notre Ourson qui amène cette petite ? Pourquoi est-elle seule ? Qui est-elle ? Réponds donc, Ourson ! Je n'y comprends rien, moi.

— Je n'en sais pas plus que vous, chère Passerose, dit Ourson ; j'ai vu cette pauvre petite endormie dans le bois toute seule ; elle s'est éveillée, elle a pleuré ; puis elle m'a vu, elle a crié. Je lui ai parlé, j'ai voulu approcher d'elle, elle a crié encore ; j'ai eu du chagrin, beaucoup de chagrin, j'ai pleuré...

— Tais-toi, tais-toi, pauvre Ourson, s'écria Violette en lui mettant la main sur la bouche. Violette plus faire pleurer jamais, bien sûr. »

Et en disant ces mots, Violette elle-même avait la voix tremblante et les yeux pleins de larmes.

« Bonne petite, dit Agnella en l'embrassant, tu aimeras donc mon pauvre Ourson qui est si malheureux ?

— Oh ! oui ; Violette aimer beaucoup Ourson. Violette toujours avec Ourson. »

Agnella et Passerose eurent beau questionner Violette sur ses parents, sur son pays, elles ne purent savoir autre chose que ce que savait Ourson. Son père était roi, sa mère était reine. Elle ne savait pas comment elle s'était trouvée dans la forêt.

Agnella n'hésita pas à prendre sous sa garde cette pauvre enfant perdue ; elle l'aimait déjà, à cause de l'affection que la petite semblait éprouver pour Ourson, et aussi à cause du bonheur que ressentait Ourson de se voir aimé, recherché par une créature humaine autre que sa mère et Passerose.

C'était l'heure du souper et Passerose mit le couvert ; on prit place à table. Violette demanda à être près d'Ourson ; elle était gaie, elle causait, elle riait. Ourson était heureux comme il ne l'avait jamais été. Agnella était contente. Passerose sautait de joie de voir une petite compagne de jeu à son cher Ourson. Dans ses transports, elle répandit une jatte de crème, qui ne fut pas perdue pour cela : un chat qui attendait son souper lécha la crème jusqu'à la dernière goutte.

Après souper, Violette s'endormit sur sa chaise.

« Où la coucherons-nous ? dit Agnella. Je n'ai pas de lit à lui donner.

— Donnez-lui le mien, chère maman, dit Ourson ; je dormirai aussi bien dans l'étable. »

Agnella et Passerose refusèrent, mais Ourson demanda si instamment à faire ce petit sacrifice, qu'elles finirent par l'accepter.

Passerose emporta donc Violette endormie, la déshabilla sans l'éveiller et la coucha dans le lit d'Ourson, près de celui d'Agnella. Ourson alla se coucher dans l'étable dans des bottes de foin ; il s'y endormit paisiblement et le cœur content.

Passerose vint rejoindre Agnella dans la salle ; elle la trouva pensive, la tête appuyée sur sa main.

« À quoi pensez-vous, chère reine ? dit Passerose ; vos yeux sont tristes, votre bouche ne sourit plus ! Et moi qui venais vous montrer les bracelets de la petite ! Le médaillon doit s'ouvrir, mais j'ai vainement essayé. Nous y trouverions peut-être un portrait ou un nom.

— Donne, ma fille... Ces bracelets sont beaux. Ils m'aideront peut-être à retrouver une ressemblance qui se présente vaguement à mon souvenir et que je m'efforce en vain de préciser. »

Agnella prit les bracelets, les retourna, les pressa de tous côtés pour ouvrir le médaillon ; elle ne fut pas plus habile que Passerose.

Au moment où, lassée de ses vains efforts, elle remettait les bracelets à Passerose, elle vit dans le milieu de la chambre une femme brillante comme un soleil. Son visage était d'une blancheur éclatante ; ses cheveux semblaient être des fils d'or ; une couronne d'étoiles resplendissantes ornait son front ; sa taille était moyenne ; toute sa personne semblait transparente, tant elle était légère et lumineuse ; sa robe flottante était parsemée d'étoiles semblables à celles de son front ; son regard était doux ; elle souriait malicieusement, mais avec bonté.

« Madame, dit-elle à la reine, vous voyez en moi

la fée Drôlette ; je protège votre fils et la petite princesse qu'il a ramenée ce matin de la forêt. Cette princesse vous tient de près : elle est votre nièce, fille de votre beau-frère Indolent et de votre belle-sœur Nonchalante. Votre mari est parvenu, après votre fuite, à tuer Indolent et Nonchalante, qui ne se méfiaient pas de lui et qui passaient leurs journées à dormir, à manger, à se reposer. Je n'ai pu malheureusement empêcher ce crime, parce que j'assistais à la naissance d'un prince dont je protège les parents, et je me suis oubliée à jouer des tours à une vieille dame d'honneur méchante et guindée, et à un vieux chambellan avare et grondeur, grands amis tous deux de ma sœur Rageuse. Mais je suis arrivée à temps pour sauver la princesse Violette, seule fille et héritière du roi Indolent et de la reine Nonchalante. Elle jouait dans un jardin ; le roi Féroce la cherchait pour la poignarder ; je l'ai fait monter sur le dos de mon chien Ami, qui a reçu l'ordre de la déposer dans le bois où j'ai dirigé les pas du prince votre fils. Cachez à tous deux leur naissance et la vôtre. Ne montrez à Violette ni les bracelets qui renferment les portraits de son père et de sa mère, ni les riches vêtements que j'ai remplacés par d'autres plus conformes à l'existence qu'elle doit mener à l'avenir. Voici, ajouta la fée, une cassette de pierres précieuses ; elle contient le bonheur de Violette ; mais vous devez la cacher à tous les yeux et ne l'ouvrir que lorsqu'elle aura été *perdue et retrouvée*.

— J'exécuterai fidèlement vos ordres, madame, répondit Agnella; mais daignez me dire si mon pauvre Ourson devra conserver longtemps encore sa hideuse enveloppe.

— Patience, patience, dit la fée; je veille sur vous, sur lui, sur Violette. Instruisez Ourson de la faculté que je lui ai donnée de changer de peau avec la personne qui l'aimera assez pour accomplir ce sacrifice. Souvenez-vous que nul ne doit connaître le rang d'Ourson ni de Violette. Passerose a mérité par son dévouement d'être seule initiée à ce mystère; à elle vous pouvez toujours tout confier. Adieu, reine; comptez sur ma protection; voici une bague que vous allez passer à votre petit doigt; tant qu'elle y sera, vous ne manquerez de rien.»

Et faisant un signe d'adieu avec la main, la fée reprit la forme d'une alouette et s'envola à tire-d'aile en chantant.

Agnella et Passerose se regardèrent; Agnella soupira, Passerose sourit.

«Cachons cette précieuse cassette, chère reine, ainsi que les vêtements de Violette. Je vais aller voir bien vite ce que la fée lui a préparé pour sa toilette de demain.»

Elle y courut en effet, ouvrit l'armoire, et la trouva pleine de vêtements, de linge, de chaussures simples mais commodes. Après avoir tout regardé, tout compté, tout approuvé, après avoir aidé

Agnella à se déshabiller, Passerose alla se coucher et ne tarda pas à s'endormir.

IV

Le rêve

Le lendemain, ce fut Ourson qui s'éveilla le premier, grâce au mugissement de la vache. Il se frotta les yeux, regarda autour de lui, se demandant pourquoi il était dans une étable : il se rappela les événements de la veille, sauta à bas de son tas de foin et courut bien vite à la fontaine pour se débarbouiller.

Pendant qu'il se lavait, Passerose, qui s'était levée de bonne heure comme Ourson, sortit pour traire la vache, et laissa la porte de la maison ouverte. Ourson entra sans faire de bruit, pénétra jusqu'à la chambre de sa mère, qui dormait encore, et entrouvrit les rideaux du lit de Violette ; elle dormait comme Agnella.

Ourson la regardait dormir, et souriait de la voir sourire dans ses rêves. Tout à coup le visage de Violette se contracta ; elle poussa un cri, se releva à demi, et, jetant ses petits bras au cou d'Ourson, elle s'écria :

« Ourson, bon Ourson, sauver Violette ! pauvre

Violette dans l'eau! Méchant crapaud tirer Violette!»

Et elle s'éveilla en pleurant, avec tous les symptômes d'une vive frayeur; elle tenait Ourson serré de ses deux petits bras: il avait beau la rassurer, la consoler, l'embrasser, elle criait toujours:

«Méchant crapaud! bon Ourson! sauver Violette!»

Agnella, qui s'était éveillée au premier cri, ne comprenait rien à la terreur de Violette; enfin elle parvint à la calmer, et Violette raconta:

«Violette promener, et Ourson conduire Violette; Ourson plus donner la main, plus regarder Violette. Méchant crapaud venir tirer Violette dans l'eau: pauvre Violette tomber et appeler Ourson. Et bon Ourson venir et sauver Violette. Et Violette bien aimer bon Ourson, continua-t-elle d'une voix attendrie; Violette jamais oublier bon Ourson.»

En disant ces mots, Violette se jeta dans les bras d'Ourson, qui, ne craignant pas l'effet terrifiant de sa peau velue, l'embrassa mille fois et la rassura de son mieux.

Agnella ne douta pas que ce rêve ne fût un avertissement envoyé par la fée Drôlette; elle résolut de veiller avec soin sur Violette, et d'instruire Ourson de tout ce qu'elle pouvait lui révéler sans désobéir à la fée. Quand elle eut levé et habillé Violette, elle appela Ourson pour déjeuner. Passerose leur apportait une jatte de lait tout frais tiré, du bon pain bis et une motte de beurre. Violette sauta de joie quand elle vit ce bon déjeuner.

« Violette aimer beaucoup bon lait, dit-elle ; aimer beaucoup bon pain, aimer beaucoup bon beurre. Violette bien contente ; aimer tout avec bon Ourson et maman Ourson.

— Je ne m'appelle pas maman Ourson, dit Agnella en riant : appelle-moi *maman*.

— Oh ! non, pas maman, reprit Violette en secouant tristement la tête : maman, c'est la maman là-bas qui est perdue. Maman, toujours dormir, jamais promener, jamais soigner Violette ; jamais parler à Violette, jamais embrasser Violette ; maman Ourson parler, marcher, embrasser pauvre Violette, habiller Violette... Violette aimer maman Ourson, beaucoup, beaucoup », ajouta-t-elle en saisissant la main d'Agnella, la baisant et la pressant ensuite contre son cœur.

Agnella ne répondit qu'en l'embrassant tendrement.

Ourson était attendri ; ses yeux devenaient humides ; Violette s'en aperçut, lui passa les mains sur les yeux et lui dit d'un air suppliant :

« Ourson, pas pleurer, je t'en prie. Si Ourson pleure, Violette pleurer aussi.

— Non, non, chère petite Violette, je ne pleure pas ; ne pleure pas non plus ; mangeons notre déjeuner, et puis nous irons promener. »

Ils déjeunèrent tous avec appétit ; Violette battait des mains, s'interrompait sans cesse pour s'écrier, la bouche pleine :

« Ah ! que c'est bon ! Violette aimer beaucoup cela ! Violette très contente ! »

Après le déjeuner, Ourson et Violette sortirent pendant qu'Agnella et Passerose faisaient le ménage. Ourson jouait avec Violette, lui cueillait des fleurs et des fraises. Violette lui dit :

« Violette promener toujours avec Ourson ; Ourson toujours jouer avec Violette.

— Je ne pourrai pas toujours, ma petite Violette. Il faut que j'aide maman et Passerose.

— Aider à quoi faire, Ourson ?

— Aider à balayer, à essuyer, à prendre soin de la vache, à couper de l'herbe, à apporter du bois et de l'eau.

— Violette aussi aider Ourson.

— Tu es encore bien petite, chère Violette ; mais tu pourras toujours essayer. »

Quand ils rentrèrent à la maison, Ourson se mit à l'ouvrage. Violette le suivait partout ; elle l'aidait de son mieux, ou elle croyait l'aider, car elle était trop petite pour être réellement utile. Mais au bout de quelques jours, elle commença à savoir laver les tasses et les assiettes, étendre et plier le linge, essuyer la table ; elle allait à la laiterie avec Passerose, l'aider à passer le lait, à l'écrémer, à laver les dalles de pierre. Elle n'avait jamais d'humeur ; jamais elle ne désobéissait, jamais elle ne répondait avec impatience ou colère. Ourson l'aimait de plus en plus; Agnella et Passerose la chérissaient également, et d'autant plus qu'elles savaient que Violette était la cousine d'Ourson.

Violette les aimait bien aussi, mais elle aimait Ourson plus tendrement encore; et comment ne pas aimer un si excellent garçon, qui s'oubliait toujours pour elle, qui cherchait constamment ce qui pouvait l'amuser, lui plaire, qui se serait fait tuer pour sa petite amie?

Agnella profita d'un jour où Passerose avait emmené Violette au marché, pour lui raconter l'événement fâcheux et imprévu qui avait précédé sa naissance; elle lui révéla la possibilité de se débarrasser de cette hideuse peau velue, en acceptant en échange la peau blanche et unie d'une personne qui ferait ce sacrifice par affection et reconnaissance.

« Jamais, s'écria Ourson, jamais je ne provoquerai ni accepterai un pareil sacrifice! Jamais je ne consentirai à vouer un être qui m'aimerait au malheur auquel m'a condamné la vengeance de la fée Rageuse! Jamais, par l'effet de ma volonté, un cœur capable d'un tel sacrifice ne souffrira tout ce que j'ai souffert et tout ce que j'ai à souffrir encore de l'antipathie, de la haine des hommes! »

Agnella lutta en vain contre la volonté bien arrêtée d'Ourson. Il lui demanda avec instances de ne jamais lui parler de cet échange, auquel il ne donnerait certes pas son consentement, et de n'en jamais parler à Violette ni à aucune autre personne qui lui serait attachée. Elle le lui promit après avoir combattu faiblement, car au fond elle admirait et approuvait cette résolution. Elle espérait aussi que la fée Drôlette récompenserait les sentiments si nobles, si généreux de son petit protégé, en le délivrant elle-même de sa peau velue.

V

Encore le crapaud

Quelques années se passèrent ainsi sans aucun événement extraordinaire. Ourson et Violette grandissaient. Agnella ne songeait plus au rêve de la première nuit de Violette ; elle s'était relâchée de sa surveillance, et la laissait souvent se promener seule ou sous la garde d'Ourson.

Ourson avait déjà quinze ans ; il était grand, fort, leste et actif ; personne ne pouvait dire s'il était beau ou laid, car ses longs poils noirs et soyeux couvraient entièrement son corps et son visage. Il était resté bon, généreux, aimant, toujours prêt à rendre service, toujours gai, toujours content. Depuis le jour où il avait trouvé Violette, sa tristesse avait disparu ; il ne souffrait plus de l'antipathie qu'il inspirait ; il n'allait plus dans les endroits habités ; il vivait au milieu des trois êtres qu'il chérissait et qui l'aimaient par-dessus tout.

Violette avait déjà dix ans ; elle n'avait rien perdu de son charme et de sa beauté en grandissant ; ses beaux yeux bleus étaient plus doux, son teint plus frais, sa bouche plus jolie et plus espiègle ; sa taille avait gagné comme son visage ; elle était grande, mince et gracieuse ; ses cheveux d'un blond cendré lui tombaient jusqu'aux pieds et l'enveloppaient tout entière quand elle les déroulait. Passerose avait bien soin de cette magnifique chevelure, qu'Agnella ne se lassait pas d'admirer.

Violette avait appris bien des choses pendant ces sept années. Agnella lui avait montré à travailler. Quant au reste, Ourson avait été son maître ; il lui avait enseigné à lire, à écrire, à compter. Il lisait tout haut pendant qu'elle travaillait. Des livres nécessaires à son instruction s'étaient trouvés dans la chambre de Violette, sans qu'on sût d'où ils étaient venus ; il en était de même des vêtements et autres objets nécessaires à Violette, à Ourson, à Agnella et à Passerose ; on n'avait plus besoin d'aller vendre ni acheter à la ville voisine : grâce à l'anneau d'Agnella, tout se trouvait apporté à mesure qu'on en avait besoin.

Un jour que Violette se promenait avec Ourson, elle se heurta contre une pierre, tomba et s'écorcha le pied. Ourson fut effrayé quand il vit couler le sang de sa chère Violette ; il ne savait que faire pour la soulager ; il voyait bien combien elle souffrait, car elle ne pouvait, malgré ses efforts, retenir quelques larmes qui s'échappaient de ses yeux. Enfin, il songea au ruisseau qui coulait à dix pas d'eux.

« Chère Violette, dit-il, appuie-toi sur moi; tâche d'arriver jusqu'à ce ruisseau, l'eau fraîche te soulagera. »

Violette essaya de marcher; Ourson la soutenait; il parvint à l'asseoir au bord du ruisseau; là elle se déchaussa et trempa son petit pied dans l'eau fraîche et courante.

« Je vais courir à la maison et t'apporter du linge pour envelopper ton pied, chère Violette; attends-moi, je ne serai pas longtemps, et prends bien garde de ne pas t'avancer trop près du bord; le ruisseau est profond, et, si tu glissais, je ne pourrais peut-être pas te retenir. »

Quand Ourson fut éloigné, Violette éprouva un malaise qu'elle attribua à la douleur que lui causait sa blessure. Une répulsion extraordinaire la portait à retirer son pied du ruisseau où il était plongé. Avant qu'elle se fût décidée à obéir à ce sentiment étrange, elle vit l'eau se troubler, et la tête d'un énorme crapaud apparut à la surface; les gros yeux irrités du hideux animal se fixèrent sur Violette, qui, depuis son rêve, avait toujours eu peur des crapauds. L'apparition de celui-ci, sa taille monstrueuse, son regard courroucé, la glacèrent tellement d'épouvante qu'elle ne put ni fuir ni crier.

« Te voilà donc enfin dans mon domaine, petite

sotte ! lui dit le crapaud. Je suis la fée Rageuse, ennemie de ta famille. Il y a longtemps que je te guette et que je t'aurais eue, si ma sœur Drôlette, qui te protège, ne t'avait envoyé un songe pour vous prémunir tous contre moi. Ourson, dont la peau velue est un talisman préservatif, est absent ; ma sœur est en voyage : tu es à moi. »

En disant ces mots, elle saisit le pied de Violette de ses pattes froides et gluantes, et chercha à l'entraîner au fond de l'eau. Violette poussa des cris perçants ; elle luttait en se raccrochant aux plantes, aux herbes qui couvraient le rivage ; les plantes, les herbes cédaient ; elle en saisissait d'autres.

« Ourson, au secours ! au secours ! Ourson, cher Ourson ! sauve-moi, sauve ta Violette qui périt ! Ourson ! Ah !... »

La fée l'emportait... La dernière plante avait cédé ; les cris avaient cessé... Violette, la pauvre Violette disparaissait sous l'eau au moment où un autre cri désespéré, terrible, répondit aux siens... Mais, hélas ! sa chevelure seule paraissait encore lorsque Ourson accourut haletant, terrifié. Il avait entendu les cris de Violette, et il était revenu sur ses pas avec la promptitude de l'éclair.

Sans hésitation, sans retard, il se précipita dans l'eau et saisit la longue chevelure de Violette ; mais il sentit en même temps qu'il enfonçait avec elle : la fée Rageuse continuait à l'attirer au fond du ruisseau.

Pendant qu'il enfonçait, il ne perdit pas la tête ;

au lieu de lâcher Violette, il la saisit à deux bras, invoqua la fée Drôlette, et, arrivé au fond de l'eau il donna un vigoureux coup de talon, qui le fit remonter à la surface. Prenant alors Violette d'un bras, il nagea de l'autre, et grâce à une force surnaturelle il parvint au rivage, où il déposa Violette inanimée.

Ses yeux étaient fermés, ses dents restaient serrées, la pâleur de la mort couvrait son visage. Ourson se précipita à genoux près d'elle et pleura. L'intrépide Ourson, que rien n'intimidait, qu'aucune privation, aucune souffrance ne pouvait vaincre, pleura comme un enfant. Sa sœur bien-aimée, sa seule amie, sa consolation, son bonheur, était là sans mouvement, sans vie ! Le courage, la force d'Ourson l'avaient abandonné ; à son tour, il s'affaissa et tomba sans connaissance près de sa chère Violette.

À ce moment, une alouette arrivait à tire-d'aile ; elle se posa près de Violette et d'Ourson, donna un petit coup de bec à Violette, un autre à Ourson, et disparut.

Ourson n'avait pas seul répondu à l'appel de Violette. Passerose aussi avait entendu ; aux cris de Violette succéda le cri plus fort et plus terrible d'Ourson. Elle courut à la ferme prévenir Agnella, et toutes deux se dirigèrent rapidement vers le ruisseau d'où partaient les cris.

En approchant, elles virent, avec autant de surprise que de douleur, Violette et Ourson étendus sans connaissance. Passerose mit tout de suite la main sur le cœur de Violette; elle le sentit battre; Agnella s'était assurée également qu'Ourson vivait encore; elle commanda à Passerose d'emporter, de déshabiller et de coucher Violette, pendant qu'elle-même ferait respirer à Ourson un flacon de sels, et le ranimerait avant de le ramener à la ferme. Ourson était trop grand et trop lourd pour qu'Agnella et Passerose pussent songer à l'emporter. Violette était légère, Passerose était robuste; elle la porta facilement à la maison, où elle ne tarda pas à la faire sortir de son évanouissement.

Elle fut quelques instants avant de se reconnaître; elle conservait un vague souvenir de terreur, mais sans se rendre compte de ce qui l'avait épouvantée.

Pendant ce temps, les tendres soins d'Agnella avaient rappelé Ourson à la vie; il ouvrit les yeux, aperçut sa mère, et se jeta à son cou en pleurant.

« Mère! chère mère! s'écria-t-il; ma Violette, ma sœur bien-aimée a péri; laissez-moi mourir avec elle.

— Rassure-toi, mon cher fils, répondit Agnella, Violette vit encore; Passerose l'a emportée à la maison, pour lui donner les soins que réclame son état. »

Ourson sembla renaître à ces paroles; il se releva et voulut courir à la ferme; mais sa seconde pensée fut pour sa mère, et il modéra son impatience pour revenir avec elle.

Pendant le court trajet du ruisseau à la ferme, il lui raconta ce qu'il savait sur l'événement qui avait failli coûter la vie à Violette ; il ajouta que la bave de la fée Rageuse lui avait laissé dans la tête une lourdeur étrange.

Agnella raconta à son tour comment elle et Passerose les avaient trouvés évanouis au bord du ruisseau. Ils arrivèrent ainsi à la ferme ; Ourson s'y précipita tout ruisselant encore.

Violette, en le voyant, se ressouvint de tout ; elle s'élança vers lui, se jeta dans ses bras, et pleura sur sa poitrine. Ourson pleura aussi ; Agnella pleurait ; Passerose pleurait : c'était un concert de larmes à attendrir les cœurs. Passerose y mit fin en s'écriant :

« Ne dirait-on pas... hi ! hi !... que nous sommes... hi ! hi !... les gens les plus malheureux... hi ! hi !... de l'univers ? Voyez donc notre pauvre Ourson... déjà mouillé... comme un roseau... qui s'inonde encore de ses larmes et de celles de Violette... Allons, enfants !... courage et bonheur ; nous voilà tous vivants, grâce à Ourson...

— Oh ! oui, interrompit Violette, grâce à Ourson, à mon cher, à mon bien-aimé Ourson ! comment m'acquitterai-je jamais de ce que je lui dois ? Comment pourrai-je lui témoigner ma profonde reconnaissance, ma tendre affection ?

— En m'aimant toujours comme tu le fais, ma sœur, ma Violette chérie. Ah ! si j'ai été assez heureux pour te rendre plusieurs services, n'as-tu pas changé mon existence, ne l'as-tu pas rendue heureuse et gaie, de misérable et triste qu'elle était ? N'es-tu pas tous les jours et à toute heure du jour la consolation, le bonheur de ma vie et de celle de notre excellente mère ? »

Violette pleurait encore, elle ne répondit qu'en pressant plus tendrement contre son cœur son Ourson, son frère adoptif.

« Cher Ourson, lui dit sa mère, tu es trempé ; va changer de vêtements. Violette a besoin d'une heure de repos ; nous nous retrouverons pour dîner. »

Violette se laissa coucher, mais ne dormit pas ; son cœur débordait de reconnaissance et de tendresse ; elle cherchait vainement comment elle pourrait reconnaître le dévouement d'Ourson, elle ne trouva d'autre moyen que de s'appliquer à devenir parfaite, afin de faire le bonheur d'Ourson et d'Agnella.

VI

Maladie et sacrifice

Quand l'heure du dîner fut venue, Violette se leva, s'habilla et vint dans la salle où l'attendaient Agnella et Passerose. Ourson n'y était pas.

« Ourson n'est pas avec vous, mère ? demanda Violette.

— Je ne l'ai pas revu, dit Agnella.

— Ni moi, dit Passerose. Je vais le chercher. »

Elle alla dans la chambre d'Ourson ; elle le trouva assis près de son lit, la tête appuyée sur son bras.

« Venez. Ourson, venez vite ; on vous attend pour dîner.

— Je ne puis, dit Ourson d'une voix affaiblie ; j'ai la tête trop pesante. »

Passerose alla prévenir Agnella et Violette qu'Ourson était malade ; elles coururent toutes deux auprès de lui. Ourson voulut se lever pour les rassurer, mais il tomba sur sa chaise. Agnella lui trouva de la fièvre, et le fit coucher. Violette refusa résolument de le quitter.

« C'est à cause de moi qu'il est malade, dit-elle. Je ne le quitterai que lorsqu'il sera guéri. Je mourrai d'inquiétude si vous m'éloignez de mon frère chéri. »

Agnella et Violette s'installèrent donc près de leur cher malade. Bientôt le pauvre Ourson ne les reconnut plus ; il avait le délire ; à chaque instant il appelait sa mère et Violette, et il continuait à les appeler et à se plaindre de leur absence pendant qu'elles le soutenaient dans leurs bras.

Agnella et Violette ne le quittèrent ni jour ni nuit pendant toute la durée de la maladie : le huitième jour Agnella, épuisée de fatigue, s'était assoupie près du lit du pauvre Ourson, dont la respiration haletante, l'œil éteint, semblaient annoncer une fin prochaine. Violette, à genoux près de son lit et tenant entre ses mains une des mains velues d'Ourson, le couvrait de larmes et de baisers.

Au milieu de cette désolation, un chant doux et clair vint interrompre le lugubre silence de la chambre du mourant. Violette tressaillit. Ce chant si doux semblait apporter la consolation et le bonheur; elle leva la tête et vit une alouette perchée sur la croisée ouverte.

« Violette ! » dit l'alouette.

Violette tressaillit.

« Violette, continua la petite voix douce de l'alouette, aimes-tu Ourson ?

— Si je l'aime ! Ah ! je l'aime..., je l'aime plus que tout au monde, plus que moi-même.

— Rachèterais-tu sa vie au prix de ton bonheur ?

— Je la rachèterais au prix de mon bonheur et de ma propre vie !

— Écoute, Violette, je suis la fée Drôlette ; j'aime Ourson, je t'aime, j'aime ta famille. Le venin que ma sœur Rageuse a soufflé sur la tête d'Ourson doit le faire mourir... Cependant, si tu es sincère, si tu éprouves réellement pour Ourson le sentiment de tendresse et de reconnaissance que tu exprimes, sa vie est entre tes mains... Il t'est permis de la racheter ; mais souviens-toi que tu seras bientôt appelée à lui donner une preuve terrible de ton attachement, et que, s'il vit, tu payeras son existence par un terrible dévouement.

— Oh! madame! vite, vite, dites-moi ce que je dois faire pour sauver mon cher Ourson! Rien ne me sera terrible, tout me sera joie et bonheur si vous m'aidez à le sauver.

— Bien, mon enfant; très bien, dit la fée. Baise-lui trois fois l'oreille gauche en disant à chaque baiser : "À toi... Pour toi... Avec toi..." Réfléchis encore avant d'entreprendre sa guérison. Si tu n'es pas prête aux plus durs sacrifices, il t'en arrivera malheur. Ma sœur Rageuse sera maîtresse de ta vie. »

Pour toute réponse, Violette croisa les mains sur son cœur, jeta sur la fée qui s'envolait un regard de tendre reconnaissance, et, se précipitant sur Ourson, elle lui baisa trois fois l'oreille en disant d'un accent pénétré : « À toi... Pour toi... Avec toi... » À peine eut-elle fini qu'Ourson poussa un profond soupir, ouvrit les yeux, aperçut Violette, et, lui saisissant les mains, les porta à ses lèvres en disant :

« Violette..., chère Violette..., il me semble que je sors d'un long rêve! Raconte-moi ce qui s'est passé... Pourquoi suis-je ici ? Pourquoi es-tu pâlie, maigrie ?... Tes joues sont creuses comme si tu avais veillé..., tes yeux sont rouges comme si tu avais pleuré...

— Chut! dit Violette; n'éveille pas notre mère qui dort. Voilà bien longtemps qu'elle n'avait dormi; elle est fatiguée; tu as été bien malade!

— Et toi, Violette, t'es-tu reposée ? »

Violette rougit, hésita.

« Comment aurais-je pu dormir, cher Ourson, quand j'étais cause de tes souffrances ? »

Ourson se tut à son tour ; il la regarda d'un œil attendri et lui baisa les mains. Il lui demanda encore ce qui s'était passé, elle le lui raconta ; mais elle était trop modeste et trop réellement dévouée pour lui révéler le prix que la fée avait attaché à sa guérison. Ourson n'en sut donc rien.

Ourson, qui se sentait revenu à la santé, se leva et, s'approchant doucement de sa mère, l'éveilla par un baiser. Agnella crut qu'il avait le délire ; elle cria, appela Passerose, et fut fort étonnée quand Violette lui raconta comment Ourson avait été sauvé par la bonne petite fée Drôlette.

À partir de ce jour, Ourson et Violette s'aimèrent plus tendrement que jamais ; ils ne se quittaient que lorsque leurs occupations l'exigeaient impérieusement.

VII

Le sanglier

Il y avait deux ans que ces événements s'étaient passés. Un jour, Ourson avait été couper du bois dans la forêt; Violette devait lui porter son dîner et revenir le soir avec lui.

À midi, Passerose mit au bras de Violette un panier qui contenait du vin, du pain, un petit pot de beurre, du jambon et des cerises. Violette partit avec empressement; la matinée lui avait paru bien longue, et elle était impatiente de se retrouver avec son cher Ourson. Pour abréger la route, elle s'enfonça dans la forêt, qui se composait de grands arbres sous lesquels on passait facilement. Il n'y avait ni ronces ni épines; une mousse épaisse couvrait la terre. Violette marchait légèrement; elle était contente d'avoir pris le chemin le plus court.

Arrivée à la moitié de sa course, elle entendit le bruit d'un pas lourd et précipité, mais encore trop éloigné pour qu'elle pût savoir ce que c'était. Après quelques secondes d'attente, elle vit un énorme sanglier qui se dirigeait vers elle. Il semblait irrité, il labourait la terre de ses défenses, il écorchait les arbres sur son passage; son souffle bruyant s'entendait aussi distinctement que sa marche pesante.

Violette ne savait si elle devait fuir ou se cacher. Pendant qu'elle hésitait, le sanglier l'aperçut, s'arrêta. Ses yeux flamboyaient, ses défenses claquaient, ses poils se hérissaient. Il poussa un cri rugissant et s'élança sur Violette.

Par bonheur, près d'elle se trouvait un arbre vert dont les branches étaient à sa hauteur. Elle en saisit une des deux mains, sauta dessus et grimpa de branche en branche jusqu'à ce qu'elle fût à l'abri des attaques du sanglier. À peine était-elle en sûreté que le sanglier se précipita de tout son poids contre l'arbre qui servait de refuge à Violette. Furieux de ne pouvoir assouvir sa rage, il dépouilla le tronc de son écorce, et lui donna de si vigoureux coups de boutoir que Violette eut peur ; l'ébranlement causé par ces secousses violentes et répétées pouvait la faire tomber. Elle se cramponna aux branches. Le sanglier se lassa enfin de ses attaques inutiles et se coucha au pied de l'arbre, lançant de temps à autre des regards flamboyants sur Violette.

Plusieurs heures se passèrent ainsi : Violette, tremblante et immobile ; le sanglier tantôt calme, tantôt dans une rage effroyable, sautant sur l'arbre, le déchirant avec ses défenses.

Violette appelait à son secours son frère, son Ourson chéri. À chaque nouvelle attaque du sanglier, elle renouvelait ses cris ; mais Ourson était bien loin, il n'entendait pas ses cris : personne ne venait à son aide.

Le découragement la gagnait ; la faim se faisait sentir. Elle avait jeté le panier de provisions pour grimper à l'arbre ; le sanglier l'avait piétiné et avait écrasé, broyé tout ce qu'il contenait.

Pendant que Violette était en proie à la terreur et qu'elle appelait vainement du secours, Ourson s'étonnait de ne voir arriver ni Violette ni son dîner.

« M'aurait-on oublié?... se dit-il. Non; ni ma mère ni Violette ne peuvent m'avoir oublié... C'est moi qui me serai mal exprimé... Elles croient sans doute que je dois revenir dîner à la maison!... Elles m'attendent! elles s'inquiètent peut-être!... »

À cette pensée, Ourson abandonna son travail, et reprit précipitamment le chemin de la maison. Lui aussi, il voulut abréger la route en marchant à travers bois. Bientôt il crut entendre des cris plaintifs. Il s'arrêta..., écouta... Son cœur battait violemment; il avait cru reconnaître la voix de Violette... Mais non... plus rien... Il allait reprendre sa marche, lorsqu'un cri, plus distinct, plus perçant, frappa son oreille.... Plus de doute, c'était Violette, sa Violette qui était en péril, qui appelait Ourson. Il courut du côté d'où partait la voix. En approchant il entendit non plus des cris, mais des gémissements, puis des grondements accompagnés de cris féroces et de coups violents.

Le pauvre Ourson courait, courait avec la vitesse du désespoir. Il aperçut enfin le sanglier ébranlant de ses coups de boutoir l'arbre sur lequel était Violette, pâle, défaite, mais en sûreté. Cette vue-là lui donna des forces; il invoqua la protection de la bonne fée Drôlette et courut sur le sanglier sa hache à la main. Le sanglier dans sa rage soufflait bruyamment; il faisait claquer l'une contre l'autre des défenses formidables, et à son tour il s'élança sur Ourson. Celui-ci esquiva l'attaque en se jetant de côté. Le sanglier passa outre, s'arrêta, se retourna plus furieux que jamais et revint sur Ourson qui avait repris haleine et qui, sa hache levée, attendait l'ennemi.

Le sanglier fondit sur Ourson et reçut sur la tête un coup assez violent pour la fendre en deux ; mais telle était la dureté de ses os, qu'il n'eut même pas l'air de le sentir.

La violence de l'attaque renversa Ourson. Le sanglier, voyant son ennemi à terre, ne lui donna pas le temps de se relever, et, sautant sur lui, le laboura de ses défenses et chercha à le mettre en pièces.

Pendant qu'Ourson se croyait perdu et que, s'oubliant lui-même, il demandait à la fée de sauver Violette ; pendant que le sanglier triomphait et piétinait son ennemi, un chant ironique se fit entendre au-dessus des combattants. Le sanglier frissonna, quitta brusquement Ourson, leva la tête et vit une alouette qui voltigeait au-dessus d'eux : elle continuait son chant moqueur. Le sanglier poussa un cri rauque, baissa la tête et s'éloigna à pas lents sans même se retourner.

Violette, à la vue du danger d'Ourson, s'était évanouie et était restée accrochée aux branches de l'arbre.

Ourson, qui se croyait déchiré en mille lambeaux, osait à peine essayer un mouvement ; mais, voyant qu'il ne sentait aucune douleur, il se releva promptement pour secourir Violette. Il remercia en son cœur la fée Drôlette, à laquelle il attribuait son salut; au même instant, l'alouette vola vers lui, lui becqueta doucement la joue et lui dit à l'oreille :

« Ourson, c'est la fée Rageuse qui a envoyé ce sanglier; je suis arrivée à temps pour te sauver. Profite de la reconnaissance de Violette; change de peau avec elle; elle y consentira avec joie.

— Jamais, répondit Ourson; plutôt mourir et rester ours toute ma vie. Pauvre Violette! je serais un lâche si j'abusais ainsi de sa tendresse pour moi.

— À revoir, entêté! dit l'alouette en s'envolant et en chantant; à revoir. Je reviendrai... et alors...

— Alors comme aujourd'hui », pensa Ourson.

Et il monta à l'arbre, prit Violette dans ses bras, redescendit avec elle, la coucha sur la mousse et lui bassina le front avec un reste de vin qui se trouvait dans une bouteille brisée. Presque immédiatement, Violette se ranima; elle ne pouvait en croire ses yeux lorsqu'elle vit Ourson, vivant et sans blessure, agenouillé près d'elle et lui bassinant le front et les tempes.

« Ourson, cher Ourson! encore une fois tu m'as sauvé la vie! Dis-moi, ah! dis-moi ce que je puis faire pour te témoigner ma profonde reconnaissance.

— Ne parle pas de reconnaissance, ma Violette chérie; n'est-ce pas toi qui me donnes le bonheur? Tu vois donc qu'en te sauvant je sauve mon bien et ma vie.

— Ce que tu dis là est d'un tendre et aimable

frère, cher Ourson : mais je n'en désire pas moins être à même de te rendre un service réel, signalé, qui te prouve toute la tendresse et toute la reconnaissance dont mon cœur est rempli pour toi.

— Bon, bon, nous verrons cela, dit Ourson en riant. En attendant, songeons à vivre. Tu n'as rien mangé depuis ce matin, pauvre Violette, car je vois à terre les débris des provisions que tu apportais sans doute pour notre dîner. Il est tard, le jour baisse. Si nous pouvions revenir à la ferme avant la nuit ! »

Violette essaya de se lever ; mais la terreur, le manque prolongé de nourriture, l'avaient tellement affaiblie qu'elle retomba à terre.

« Je ne puis me soutenir, Ourson ; je suis faible ; qu'allons-nous devenir ? »

Ourson était fort embarrassé ; il ne pouvait porter si loin Violette, déjà grande et sortie de l'enfance, ni la laisser seule, exposée aux attaques des bêtes féroces qui habitaient la forêt ; il ne pouvait pourtant la laisser sans nourriture jusqu'au lendemain.

Dans cette perplexité, il vit tomber un paquet à ses pieds ; il le ramassa, l'ouvrit et y trouva un pâté, un pain, un flacon de vin.

Il devina la fée Drôlette, et, le cœur plein de reconnaissance, il s'empressa de porter le flacon aux lèvres de Violette ; une seule gorgée de vin, qui n'avait pas son pareil, rendit à Violette une partie de ses forces ; le pâté et le pain achevèrent de la réconforter ainsi qu'Ourson, qui fit honneur au repas. Tout en mangeant, ils s'entretenaient de leurs terreurs passées et de leur bonheur présent.

Cependant la nuit était venue ; ni Violette ni Ourson ne savaient de quel côté tourner leurs pas pour revenir à la ferme. Ils étaient au beau milieu du bois ; Violette était adossée à l'arbre qui lui avait servi de refuge contre le sanglier ; elle n'osait le quitter, de crainte de ne pas retrouver dans l'obscurité une place aussi commode.

« Eh bien, chère Violette, ne t'alarme pas ; il fait beau, il fait chaud. Tu es mollement étendue sur une mousse épaisse ; passons la nuit où nous sommes ; je te couvrirai de mon habit et je me coucherai à tes pieds pour te préserver de tout danger et de toute terreur. Maman et Passerose ne s'inquiéteront pas. Elles ignorent les dangers que nous avons courus, et tu sais qu'il nous est arrivé bien des fois, par une belle soirée comme aujourd'hui, de rentrer après qu'elles étaient couchées. »

Violette consentit volontiers à passer la nuit dans la forêt, d'abord parce qu'ils ne pouvaient pas faire autrement, ensuite parce qu'elle n'avait jamais peur avec Ourson, et qu'elle trouvait toujours bon ce qu'il avait décidé.

Ourson arrangea donc de son mieux le lit de mousse de Violette ; il se dépouilla de son habit et l'en couvrit malgré sa résistance ; ensuite, après avoir vu les yeux de Violette se fermer et le sommeil envahir tous ses sens, il s'étendit à ses pieds et ne tarda pas lui-même à s'endormir profondément.

Ourson était fatigué. Le lendemain, ce fut Violette qui s'éveilla la première. Il faisait jour; elle sourit en voyant l'attitude menaçante d'Ourson qui, la hache serrée dans la main droite, semblait défier tous les sangliers de la forêt. Elle se leva sans bruit et se mit à la recherche du chemin à suivre pour regagner la ferme.

Pendant qu'elle rôdait aux environs de l'arbre qui l'avait abritée contre l'humidité de la nuit, Ourson se réveilla, et, ne voyant pas Violette, il fut debout en un instant; il l'appela d'une voix étouffée par la frayeur.

« Me voici, me voici, cher frère, répondit-elle en accourant; je cherchais le chemin de la ferme. Mais qu'as-tu donc? tu trembles.

— Je te croyais enlevée par quelque méchante fée, chère Violette, et je me reprochais de m'être laissé aller au sommeil. Te voilà gaie et bien portante : je suis rassuré et heureux. Partons maintenant; partons vite, afin d'arriver avant le réveil de notre mère et de Passerose. »

Ourson connaissait la forêt; il retrouva promptement la direction de la ferme, et ils y arrivèrent quelques minutes avant qu'Agnella et Passerose fussent éveillées. Ils étaient convenus de cacher à leur mère les dangers qu'ils avaient courus, afin de lui éviter les angoisses de l'inquiétude pour l'avenir. Passerose fut seule dans le secret de leurs aventures de la veille.

VIII

L'incendie

Ourson ne voulait plus que Violette allât seule dans la forêt ; elle ne lui portait plus son dîner ; il revenait manger à la maison. Violette ne s'éloignait jamais de la ferme sans Ourson.

Trois ans après l'événement de la forêt, Ourson vit arriver de grand matin Violette pâle et défaite ; elle le cherchait.

« Viens, viens, dit-elle en l'entraînant au-dehors, j'ai à te parler..., à te raconter... Oh ! viens. »

Ourson inquiet la suivit précipitamment.

« Qu'est-ce donc, chère Violette ? Pour l'amour du ciel, parle-moi, rassure-moi. Que puis-je pour toi ?

— Rien, rien, cher Ourson, tu ne peux rien... Écoute-moi. Te souviens-tu de mon rêve d'enfant ? de crapaud ? de rivière ? de danger ? Eh bien, cette nuit, j'ai rêvé encore... C'est terrible..., terrible. Ourson, cher Ourson, ta vie est menacée. Si tu meurs, je meurs.

— Comment! Par qui ma vie est-elle menacée?

— Écoute... Je dormais. Un crapaud!... encore un crapaud, toujours un crapaud! Un crapaud vint à moi, et me dit : "Le moment approche où ton cher Ourson doit retrouver sa peau naturelle; c'est à toi qu'il devra ce changement. Je le hais, je te hais. Vous ne serez pas heureux l'un par l'autre; Ourson périra, et toi, tu ne pourras accomplir le sacrifice auquel aspire ta sottise! Sous peu de jours, sous peu d'heures peut-être, je tirerai de vous tous une vengeance éclatante. À revoir! Entends-tu? à revoir!"

«Je m'éveillai : je retins un cri prêt à m'échapper, et je vis, comme je l'ai vu le jour où tu m'as sauvée de l'eau, je vis ce hideux crapaud, posé en dehors de la croisée, qui me regardait d'un œil menaçant. Il disparut, me laissant plus morte que vive. Je me levai, je m'habillai, et je viens te trouver, mon frère, mon ami, pour te prémunir contre la méchanceté de la fée Rageuse, et pour te supplier de recourir à la bonne fée Drôlette.»

Ourson l'avait écoutée avec terreur; ce n'était pas le sort dont il était menacé qui causait son effroi; c'était le sacrifice qu'annonçait Rageuse, et qu'il ne comprenait que trop bien. La seule pensée que sa charmante, sa bien-aimée Violette, s'affublât de sa peau d'ours par dévouement pour lui, le faisait trembler, le faisait mourir. Son angoisse se peignit dans son regard ; car Violette, qui l'examinait avidement, se jeta à son cou en sanglotant :

« Hélas ! mon frère bien-aimé ! tu me seras bientôt ravi ! Toi qui ne connais pas la peur, tu trembles ! Toi qui me rassures et me soutiens dans toutes mes terreurs, tu ne trouves pas une parole pour ranimer mon courage ! Toi qui luttes contre les dangers les plus terribles, tu courbes la tête, tu te résignes !

— Non, ma Violette, ce n'est pas la peur qui me fait trembler, ce n'est pas la peur qui cause mon trouble ; c'est une parole de la fée Rageuse dont tu ne comprends pas le sens, mais dont moi je sais toute la portée ; c'est une menace adressée à toi, ma Violette ; c'est pour toi que je tremble ! »

Violette devina d'après ces mots que le moment du sacrifice était venu, qu'elle allait être appelée à tenir la promesse qu'elle avait faite à la fée Drôlette. Au lieu de frémir, elle en ressentit de la joie ; elle pourrait enfin reconnaître le dévouement, la tendresse incessante de son cher Ourson, lui être utile à son tour. Elle ne répondit donc rien aux craintes exprimées par Ourson ; seulement elle le remercia, lui parla plus tendrement que jamais, en songeant que bientôt peut-être elle serait séparée de lui par la mort. Ourson avait la même pensée. Tous deux invoquèrent avec ardeur la protection de la fée Drôlette ; Ourson l'appela même à haute voix, mais elle ne répondit pas à son appel.

La journée se passa tristement. Ni Ourson ni

Violette n'avaient parlé à Agnella du sujet de leurs inquiétudes, de crainte d'aggraver sa tristesse, qui augmentait à mesure que son cher Ourson prenait des années.

« Déjà vingt ans ! pensait-elle. S'il persiste à ne voir personne et à ne pas vouloir changer de peau avec Violette, qui ne demanderait pas mieux, j'en suis bien sûre, il n'y a pas de raison qu'il ne conserve pas sa peau d'ours, jusqu'à sa mort ! »

Et Agnella pleurait, pleurait souvent, mais ses larmes ne remédiaient à rien.

Le jour du rêve de Violette, Agnella avait aussi rêvé. La fée Drôlette lui avait apparu.

« Courage, reine ! lui avait-elle dit ; sous peu de jours, Ourson aura perdu sa peau d'ours. Vous pourrez lui donner le nom de prince Merveilleux. »

Agnella s'était réveillée pleine d'espoir et de bonheur. Elle redoubla de tendresse pour Violette, dans la pensée que ce serait à elle qu'elle serait redevable du bonheur de son fils.

Tout le monde alla se coucher avec des sentiments différents : Violette et Ourson, pleins d'inquiétude pour l'avenir qu'ils entrevoyaient si menaçant ; Agnella, pleine de joie de ce même avenir qui lui apparaissait prochain et heureux ; Passerose, pleine d'étonnement d'une tristesse et d'une joie dont elle ignorait les causes. Chacun s'endormit : Violette après avoir pleuré, Ourson après avoir invoqué la fée Drôlette, Agnella après avoir souri en songeant à son Ourson beau et heureux, Passerose après s'être demandé cent fois : « Mais qu'ont-ils donc aujourd'hui ? »

Il y avait une heure à peine que tout dormait à la ferme, lorsque Violette fut réveillée par une odeur de brûlé. Agnella s'éveilla en même temps.

« Mère, dit Violette, ne sentez-vous rien ?

— La maison brûle, dit Agnella. Regarde, quelle clarté ! »

Elles sautèrent à bas de leurs lits, et coururent dans la salle ; les flammes l'avaient déjà envahie, ainsi que les chambres voisines.

« Ourson ! Passerose ! cria Agnella.

— Ourson, Ourson ! » cria Violette.

Passerose se précipita à moitié vêtue dans la salle.

« Nous sommes perdus, madame ! Les flammes ont gagné toute la maison ; les portes, les fenêtres sont closes ; impossible de rien ouvrir.

— Mon fils ! mon fils ! cria Agnella.

— Mon frère ! mon frère ! » cria Violette.

Elles coururent aux portes ; tous leurs efforts réunis ne purent les ébranler, elles semblaient murées ; il en fut de même des fenêtres.

« Oh ! mon rêve ! murmura Violette. Cher Ourson, adieu pour toujours ! »

Ourson avait été éveillé aussi par les flammes et par la fumée ; il couchait en dehors de la ferme, près de l'étable. Son premier mouvement fut de courir à la porte extérieure de la maison ; mais lui aussi ne put l'ouvrir, malgré sa force extraordinaire. La porte aurait dû se briser sous ses efforts : elle était évidemment maintenue par la fée Rageuse. Les flammes gagnaient partout. Ourson se précipita sur une échelle, pénétra à travers les flammes dans un grenier par une fenêtre ouverte, descendit dans la chambre où sa mère et Violette, attendant la mort, se tenaient étroitement embrassées ; avant qu'elles eussent eu le temps de se reconnaître, il les saisit dans ses bras, et, criant à Passerose de le suivre, il reprit en courant le chemin du grenier, descendit l'échelle avec sa mère dans un bras, Violette dans l'autre, et, suivis de Passerose, ils arrivèrent à terre au moment où l'échelle et le grenier devenaient la proie des flammes.

Ourson déposa Agnella et Violette à quelque distance de l'incendie. Passerose n'avait pas perdu la tête ; elle arrivait avec un paquet de vêtements qu'elle avait rassemblés à la hâte dès le commencement de l'incendie.

Agnella et Violette s'étaient sauvées nu-pieds et en toilette de nuit ; ces vêtements furent donc bien utiles pour les couvrir et les garantir du froid.

Après avoir remercié avec chaleur et tendresse l'intrépide Ourson, qui leur avait sauvé la vie au péril de la sienne, elles félicitèrent aussi Passerose de sa prévoyance.

« Voyez, dit Passerose, l'avantage de ne pas perdre la tête ! Pendant que vous ne songiez toutes deux qu'à votre Ourson, je faisais mon paquet des objets qui vous étaient les plus nécessaires.

— C'est vrai ; mais à quoi aurait servi ton

paquet, ma bonne Passerose, si ma mère et Violette avaient péri ?

— Oh! je savais bien que vous ne les laisseriez pas brûler vives! Est-on jamais en danger avec vous? Ne voilà-t-il pas la troisième fois que vous sauvez Violette?»

Violette serra vivement les mains d'Ourson et les porta à ses lèvres. Agnella l'embrassa et lui dit :

« Chère Violette, Ourson est heureux de ta tendresse, qui le paye largement de ce qu'il a fait pour toi. Je suis assurée que, de ton côté, tu serais heureuse de te sacrifier pour lui, si l'occasion s'en présentait. »

Avant que Violette pût répondre, Ourson reprit vivement :

« Ma mère, de grâce, ne parlez pas à Violette de se sacrifier pour moi ; vous savez combien j'en serais malheureux ! »

Au lieu de répondre à Ourson, Agnella porta la main à son front avec anxiété :

« La cassette, Passerose! la cassette! as-tu sauvé la cassette ?

— Je l'ai oubliée, madame », dit Passerose.

Le visage d'Agnella exprima une si vive contrariété, qu'Ourson la questionna sur cette précieuse cassette dont elle semblait si préoccupée.

« C'était un présent de la fée ; elle m'a dit que le bonheur de Violette y était renfermé. Cette cassette était dans mon armoire, au chevet de mon lit.

Hélas! par quelle fatalité n'ai-je pas songé à la sauver.»

À peine avait-elle achevé sa phrase, que le brave Ourson s'élança vers la ferme embrasée, et, malgré les larmes et les supplications d'Agnella, de Violette et de Passerose, il disparut dans les flammes après avoir crié.

«Vous aurez la cassette, mère, ou j'y périrai!»

Un silence lugubre suivit la disparition d'Ourson. Violette était tombée à genoux, les bras étendus vers la ferme qui brûlait. Agnella, les mains jointes, regardait d'un œil terrifié l'ouverture par laquelle Ourson était entré. Passerose restait immobile, le visage caché dans ses mains.

Quelques secondes se passèrent; elles parurent des siècles aux trois femmes qui attendaient la mort ou la vie. Ourson ne paraissait pas. Le craquement du bois brûlé, le ronflement des flammes, augmentaient de violence. Tout à coup un bruit terrible, affreux, fit pousser à Violette et à Agnella un cri de désespoir.

Toute la toiture s'était écroulée, tout brûlait; Ourson restait enseveli sous les décombres, écrasé par les solives, calciné par le feu.

Un silence de mort succéda bientôt à cette sinistre catastrophe... Les flammes diminuèrent, s'éteignirent; aucun bruit ne troubla plus le désespoir d'Agnella et de Violette.

Violette était tombée dans les bras d'Agnella; toutes deux sanglotèrent longtemps en silence.

Le jour vint. Passerose contemplait ces ruines fumantes et pleurait. Le pauvre Ourson y était enseveli, victime de son courage et de son dévouement. Agnella et Violette pleuraient toujours amèrement ; elles ne semblaient ni entendre ni comprendre ce qui se passait autour d'elles.

«Éloignons-nous d'ici», dit enfin Passerose.

Ni Agnella ni Violette ne répondirent.

Passerose voulut emmener Violette.

«Venez, dit-elle, venez, Violette, chercher avec moi un abri pour ce soir ; la journée est belle...

— Que m'importe un abri ? sanglota Violette. Que m'importe le soir, le matin ? Il n'est plus de belles journées pour moi ! Le soleil ne luira plus que pour éclairer ma douleur !

— Mais, si nous restons ici à pleurer, nous mourrons de faim, Violette, et, malgré notre chagrin, il faut bien songer aux nécessités de la vie.

— Autant mourir de faim que mourir de douleur. Je ne m'écarterai pas de la place où j'ai vu pour la dernière fois mon cher Ourson, où il a péri victime de sa tendresse pour nous.»

Passerose leva les épaules ; elle se souvint de la vache dont l'étable n'avait pas été brûlée ; elle y courut, tira son lait, en but une tasse et voulut vainement en faire prendre à Agnella et à Violette.

Agnella se releva pourtant et dit à Violette d'un ton solennel :

«Ta douleur est juste, ma fille, car jamais un cœur plus noble, plus généreux, n'a battu dans un corps humain. Il t'a aimée plus que lui-même : pour t'épargner une douleur, il a sacrifié son bonheur. »

Et Agnella raconta à Violette la scène qui précéda la naissance d'Ourson, la faculté qu'aurait eue Violette de le délivrer de sa difformité en l'acceptant pour elle-même, et la prière instante d'Ourson de ne jamais laisser entrevoir à Violette la possibilité d'un pareil sacrifice.

Il est facile de comprendre les sentiments de tendresse, d'admiration, de regret poignant, qui remplirent le cœur de Violette après cette confidence ; elle pleura plus amèrement encore.

« Et maintenant, mes filles, continua Agnella, il nous reste un dernier devoir à remplir : c'est de donner la sépulture à mon fils. Déblayons ces décombres, enlevons ces cendres ; et, quand nous aurons trouvé les restes de notre bien-aimé Ourson... »

Les sanglots lui coupèrent la parole ; elle ne put achever.

IX

Le puits

Agnella, Violette et Passerose se dirigèrent lentement vers les murs calcinés de la ferme. Avec le courage du désespoir, elles travaillèrent à enlever les décombres fumants ; deux jours se passèrent avant qu'elles eussent tout déblayé ; aucun vestige du pauvre Ourson n'apparaissait ; et pourtant elles avaient enlevé morceau par morceau, poignée par poignée, tout ce qui recouvrait le sol. En soulevant les dernières planches demi-brûlées, Violette aperçut avec surprise une ouverture, qu'elle dégagea précipitamment : c'était l'orifice d'un puits. Son cœur battit avec violence ; un vague espoir s'y glissait.

« Ourson ! dit-elle d'une voix éteinte.

— Violette, Violette chérie ; je suis là ; je suis sauvé ! »

Violette ne répondit que par un cri étouffé ; elle perdit connaissance et tomba dans le puits qui renfermait son cher Ourson. Si la bonne fée Drôlette n'avait protégé sa chute, Violette se serait brisé la tête et les membres contre les parois du puits ; mais la fée Drôlette, qui leur avait déjà rendu tant de services, soutint Violette et la fit arriver doucement aux pieds d'Ourson.

La connaissance revint bien vite à Violette. Ni l'un ni l'autre ne pouvait croire à tant de bonheur ! Ni l'un ni l'autre ne se lassait de donner et de recevoir les plus tendres assurances d'affection ! Ils furent tirés de leur extase par les cris de Passerose, qui, ne voyant plus Violette et la cherchant dans les ruines, avait trouvé le puits découvert ; regardant au fond, elle avait aperçu la robe blanche de

Violette et s'était figuré que Violette s'était précipitée à dessein dans le puits et y avait trouvé la mort qu'elle cherchait. Passerose criait à se briser les poumons; Agnella arrivait lentement, pour connaître la cause de ces cris.

«Tais-toi, Passerose, lui dit Ourson en élevant la voix; tu vas effrayer notre mère. Je suis ici avec Violette; nous sommes bien, nous ne manquons de rien.

— Bonheur, bonheur! cria Passerose; les voilà; les voilà!... Madame, madame, venez donc!... Plus vite, plus vite!... Ils sont là, ils sont bien; ils ne manquent de rien.»

Agnella, pâle, demi-morte, écoutait Passerose sans comprendre. Tombée à genoux, elle n'avait plus la force de se relever. Mais quand elle entendit la voix de son cher Ourson qui appelait: «Mère, chère mère, votre pauvre Ourson vit encore»; elle bondit vers l'ouverture du puits, et s'y serait précipitée, si Passerose ne l'avait saisie dans ses bras et ne l'avait vivement tirée en arrière.

«Pour l'amour de lui, chère reine, n'allez pas vous jeter dans ce trou; vous vous y tueriez. Je vais vous l'avoir, ce cher Ourson, avec sa Violette.»

Agnella, tremblante de bonheur, comprit la sagesse du conseil de Passerose. Elle resta immobile, palpitante, pendant que Passerose courait chercher une échelle.

Passerose fut longtemps absente. Il faut l'excuser, car elle aussi était un peu troublée. Au lieu de l'échelle, elle saisissait une corde, puis une fourche, puis une chaise. Elle pensa même, un instant, à faire descendre la vache au fond du puits, pour que le pauvre Ourson pût boire du lait tout chaud. Enfin, elle trouva cette échelle qui était là devant elle, sous sa main, et qu'elle ne voyait pas.

Pendant que Passerose cherchait l'échelle, Ourson et Violette ne cessaient de causer de leur bonheur, de se raconter leur désespoir, leurs angoisses.

«Je passai heureusement à travers les flammes, dit Ourson; je cherchai à tâtons l'armoire de ma mère; la fumée me suffoquait et m'aveuglait, lorsque je me sentis enlever par les cheveux et précipiter au fond de ce puits où tu es venue me rejoindre, chère Violette. Au lieu d'y trouver de l'eau ou de l'humidité, j'y sentis une douce fraîcheur. Un tapis moelleux en garnissait le fond, comme tu peux le voir encore; une lumière suffisante m'éclairait; je trouvai près de moi des provisions que voici, mais auxquelles je n'ai pas touché; quelques gorgées de vin m'ont suffi. La certitude de ton désespoir et de celui de notre mère me rendait si malheureux, que la fée Drôlette eut pitié de moi: elle m'apparut sous tes traits, chère Violette. Je la pris pour toi, et je m'élançai pour te saisir dans mes bras, mais je ne trouvai qu'une forme vague comme l'air, comme la vapeur. Je pouvais la voir, mais je ne pouvais la toucher.

« — Ourson, me dit la fée en riant, je ne suis pas Violette ; j'ai pris ses traits pour mieux te témoigner mon amitié. Rassure-toi, tu la verras demain. Elle pleure amèrement parce qu'elle te croit mort, mais demain je te l'enverrai ; elle te fera une visite au fond de ton puits ; elle t'accompagnera quand tu sortiras de ce tombeau, et tu verras ta mère, et le ciel, et ce beau soleil que ni ta mère ni Violette ne veulent plus contempler, mais qui leur paraîtra bien beau quand tu seras près d'elles. Tu reviendras plus tard dans ce puits ; il contient ton bonheur.

« — Mon bonheur ? répondis-je à la fée. Quand j'aurai ma mère et Violette, j'aurai retrouvé tout mon bonheur.

« — Crois ce que je te dis ; ce puits contient ton bonheur et celui de Violette.

« — Le bonheur de Violette, madame, est de vivre près de moi et de ma mère.

— Ah ! que tu as bien répondu, cher Ourson, interrompit Violette. Mais que dit la fée ?

« — Je sais ce que je dis, me répondit-elle. Sous peu de jours, il manquera quelque chose à ton bonheur. C'est ici que tu le trouveras. À revoir, Ourson !

« — À revoir, madame ! et bientôt, j'espère...

« — Quand tu me reverras, tu ne seras guère content, mon pauvre enfant, et tu voudras bien alors ne m'avoir jamais vue. Silence et adieu !

« Et elle s'envola en riant, laissant après elle un

parfum délicieux et quelque chose de suave, de bienfaisant, qui répandait le calme dans mon cœur. Je ne souffrais plus, je t'attendais. »

Violette, à son tour, avait mieux compris pourquoi le retour de la fée ne serait pas bien vu d'Ourson. Depuis que la confidence d'Agnella lui avait révélé la nature du sacrifice qu'elle pouvait s'imposer, elle était décidée à l'accomplir malgré la résistance inévitable d'Ourson. Elle ne songeait qu'au bonheur de lui donner un immense témoignage d'affection. Cette espérance doublait sa joie de l'avoir retrouvé.

Quand Ourson eut fini son récit, ils entendirent la voix éclatante de Passerose, qui lui criait :

« Voilà, voilà l'échelle, mes enfants... Je vous la descends... Prenez garde qu'elle ne vous tombe sur la tête... Vous devez avoir des provisions ; montez-les donc, s'il vous plaît ; nous sommes un peu à court là-haut. Depuis deux jours je n'ai avalé que du lait et de la poussière ; votre mère et Violette n'ont vécu que d'air et de leurs larmes... Doucement donc... Prenez garde de briser les échelons... Madame, madame, les voici : voici la tête d'Ourson et celle de Violette... Bon ; enjambez ; vous y voilà ! »

Agnella, toujours pâle et tremblante, ne bougeait pas plus qu'une statue. Après avoir vu Violette en sûreté, Ourson sauta hors du puits et se précipita dans les bras de sa mère, qui le couvrit de larmes et de baisers. Elle le tint longtemps embrassé ; le voir là quand elle l'avait cru mort lui semblait un rêve. Enfin Passerose termina cette scène d'attendrissement en saisissant Ourson et en lui disant :

« À mon tour donc ! On m'oublie parce que je ne m'inonde pas de mes larmes, parce que j'ai conservé ma tête et mes forces. N'est-ce pas moi pourtant qui vous ai fait sortir de ce vilain trou où vous étiez si bien, disiez-vous ?

— Oui, oui, ma bonne Passerose, je t'aime bien, crois-le, et je te remercie de nous avoir tirés du puits où j'étais, en effet, si bien depuis que ma chère Violette y était descendue.

— À propos, mais j'y pense, dites-moi donc, Violette, comment êtes-vous descendue là-dedans sans vous tuer ?

— Je n'y suis pas descendue, Passerose, j'y suis tombée ; Ourson m'a reçue dans ses bras.

— Tout cela n'est pas clair, dit Passerose, il y a de la fée là-dedans.

— Oui, mais c'est la bonne et aimable fée, dit Ourson. Puisse-t-elle l'emporter toujours sur sa méchante sœur ! »

Tout en causant, chacun commença à sentir des tiraillements d'estomac qui indiquaient clairement qu'on avait besoin de dîner. Ourson avait laissé au fond du puits les provisions de la fée. Pendant qu'on s'embrassait encore et qu'on pleurait un peu par souvenir, Passerose, sans dire mot, descendit dans le puits et remonta bientôt avec les provisions, qu'elle plaça en dehors de la maison sur une botte de paille ; elle apporta autour de cette table improvisée quatre autres bottes qui devaient servir de sièges.

« Le dîner est servi, dit-elle, venez manger. Nous en avons tous besoin ; la pauvre madame et Violette tombent d'inanition. Ourson a bu, mais il n'a pas mangé. Voici un pâté, voici un jambon, du pain ! du vin ! Vive la bonne fée ! »

Agnella, Violette et Ourson ne se le firent pas dire deux fois ; ils se mirent gaiement à table. L'appétit était bon, le repas excellent ; le bonheur brillait sur tous les visages. On causait, on riait, on se serrait les mains, on était heureux.

Quand le dîner fut terminé, Passerose s'étonna que la fée n'eût pas pourvu à leurs besoins.

« Voyez, dit-elle, la maison reste en ruines ; tout nous manque. L'étable est notre seul abri, la paille notre seul coucher, les provisions du puits sont notre seule nourriture. Jadis tout arrivait avant même qu'on eût le temps de le demander. »

Agnella regarda vivement sa main : l'anneau n'y était plus !... Il fallait désormais gagner son pain à la sueur de son front. Ourson et Violette, voyant son air triste, lui en demandèrent la cause.

« Hélas ! mes enfants, vous me trouverez sans doute bien ingrate, au milieu de notre bonheur, de m'inquiéter de l'avenir ! Mais je m'aperçois que dans l'incendie j'ai perdu la bague que m'a donnée la fée et qui devait fournir à toutes nos nécessités, tant que je l'aurais à mon doigt. Je ne l'ai plus ; qu'allons-nous faire ?

— Pas d'inquiétude, chère mère. Ne suis-je pas grand et fort ? Je chercherai de l'ouvrage, et vous vivrez de mon salaire.

— Et moi donc, dit Violette, ne puis-je aussi aider ma bonne mère et notre chère Passerose ? En cherchant de l'ouvrage pour toi, Ourson, tu en trouveras pour moi aussi.

— Je vais en chercher de ce pas, dit Ourson, adieu, mère ; au revoir, Violette. »

Et, leur baisant les mains, il partit d'un pas léger.

Il ne prévoyait guère, le pauvre Ourson, l'accueil qui l'attendait dans les trois maisons où il demanderait de l'occupation.

X

La ferme, le château, l'usine

Ourson marcha près d'une heure avant d'arriver à une grande et belle ferme où il espéra trouver le travail qu'il demandait. Il voyait de loin le fermier et sa famille assis devant le seuil de leur porte et prenant leur repas.

Il ne s'en trouvait plus qu'à une petite distance, lorsqu'un des enfants, petit garçon de dix ans, l'aperçut. Il sauta de son siège, poussa un cri et s'enfuit dans la maison.

Un second enfant, petite fille de huit ans, entendant le cri de son frère, se retourna également et se mit à jeter des cris perçants.

Toute la famille, imitant alors le mouvement des enfants, se retourna ; à la vue d'Ourson, les femmes poussèrent des cris de terreur, les enfants s'enfuirent, les hommes saisirent des bâtons et des fourches, s'attendant à être attaqués par le pauvre Ourson, qu'ils prenaient pour un animal extraordinaire échappé d'une ménagerie.

Ourson, voyant ce mouvement de terreur et d'agression, prit la parole pour dissiper leur frayeur.

« Je ne suis pas un ours, comme vous semblez le croire, messieurs, mais un pauvre garçon qui cherche de l'ouvrage et qui serait bien heureux si vous vouliez lui en donner. »

Le fermier fut surpris d'entendre parler un ours.

Il ne savait trop s'il devait fuir ou l'interroger ; il se décida à lui parler.

« Qui es-tu ? d'où viens-tu ?

— Je viens de la ferme des Bois, et je suis le fils de la fermière Agnella, répondit Ourson.

— Ah ! ah ! c'est toi qui, dans ton enfance, allais au marché et faisais peur à nos enfants ! Tu as vécu dans les bois ; tu t'es passé de notre secours. Pourquoi viens-tu nous trouver maintenant ? Va-t'en vivre en ours comme tu as vécu jusqu'ici.

— Notre ferme est brûlée. Je dois faire vivre

ma mère et ma sœur du travail de mes mains ; c'est pourquoi je viens vous demander de l'ouvrage. Vous serez content de mon travail : je suis vigoureux et bien portant, j'ai bonne volonté ; je ferai tout ce que vous me commanderez.

— Tu crois, mon garçon, que je vais prendre à mon service un vilain animal comme toi, qui fera mourir de peur ma femme et mes servantes, tomber en convulsions mes enfants ! Pas si bête, mon garçon, pas si bête... En voilà assez. Va-t'en ; laisse-nous finir notre dîner.

— Monsieur le fermier, de grâce, veuillez essayer de mon travail ; mettez-moi tout seul ; je ne ferai peur à personne ; je me cacherai pour que vos enfants ne me voient pas.

— Auras-tu bientôt fini, méchant ours ? Pars tout de suite ; sinon je te ferai sentir les dents de ma fourche dans tes reins poilus. »

Le pauvre Ourson baissa la tête ; une larme d'humiliation et de douleur brilla dans ses yeux. Il s'éloigna à pas lents, poursuivi des gros rires et des huées du fermier et de ses gens.

Quand il fut hors de leur vue, il ne chercha plus à contenir ses larmes ; mais, dans son humiliation, dans son chagrin, il ne lui vint pas une fois la pensée que Violette pouvait le débarrasser de sa laide fourrure. Il marcha encore et aperçut un château dont les abords étaient animés par une foule d'hommes qui allaient, venaient et travaillaient tous à des ouvrages différents. Les uns ratissaient, les autres fauchaient, ceux-ci pansaient les chevaux, ceux-là bêchaient, arrosaient, semaient.

« Voilà une maison où je trouverai certainement de l'ouvrage, dit Ourson. Je n'y vois ni femmes ni enfants ; les hommes n'auront pas peur de moi, je pense. »

Ourson s'approcha sans qu'on le vît ; il ôta son chapeau et se trouva devant un homme qui paraissait devoir être un intendant.

« Monsieur... », dit-il.

L'homme leva la tête, recula d'un pas quand il vit Ourson, et l'examina avec la plus grande surprise.

« Qui es-tu ? Que veux-tu ? dit-il d'une voix rude.

— Monsieur, je suis le fils de la fermière Agnella, maîtresse de la ferme des Bois.

— Eh bien ! pourquoi viens-tu ici ?

— Notre ferme a brûlé, monsieur. Je cherche de l'ouvrage pour faire vivre ma mère et ma sœur. J'espérais que vous voudriez bien m'en donner.

— De l'ouvrage ? À un ours ?

— Monsieur, je n'ai de l'ours que l'apparence ; sous cette enveloppe qui vous répugne, bat un cœur d'homme, un cœur capable de reconnaissance et d'affection. Vous n'aurez à vous plaindre ni de mon travail ni de ma bonne volonté. »

Pendant qu'Ourson parlait et que l'intendant l'écoutait d'un air moqueur, il se fit un grand mouvement du côté des chevaux ; ils se cabraient, ils ruaient. Les palefreniers avaient peine à les retenir ; quelques-uns même s'échappèrent et se sauvèrent dans les champs.

« C'est l'ours, c'est l'ours, criaient les palefreniers ; il fait peur aux chevaux ! Chassez-le, faites-le partir !

— Va-t'en ! » lui cria l'intendant.

Ourson, stupéfait, ne bougeait pas.

« Ah ! tu ne veux pas t'en aller ! vociféra l'homme. Attends, méchant vagabond, je vais te régaler d'une chasse ! Holà ! vous autres, courez chercher les chiens... Lâchez-les sur cet animal... Allons, qu'on se dépêche... Le voilà qui détale ! »

En effet, Ourson, plus mort que vif de ce cruel accueil, s'en allait en précipitant sa marche ; il avait hâte de s'éloigner de ces hommes inhumains et méchants. C'était la seconde tentative manquée. Malgré son chagrin, il ne se découragea pas.

« Il y a encore trois ou quatre heures de jour, dit-il : j'ai le temps de continuer mes recherches. »

Et il se dirigea vers une forge qui était à trois ou quatre kilomètres de la ferme des Bois. Le maître de la forge employait beaucoup d'ouvriers, il donnait de l'ouvrage à tous ceux qui lui en demandaient, non par charité, mais dans l'esprit de sa fortune et pour se rendre nécessaire. Il était craint, mais il n'était pas aimé ; il faisait la richesse du pays ; on ne lui en savait pas gré, parce que lui seul en profitait, et qu'il pesait de tout le poids de son avidité et de son opulence sur les pauvres ouvriers qui ne trouvaient de travail que chez ce nouveau marquis de Carabas.

Le pauvre Ourson arriva donc à la forge ; le maître était à la porte, grondant les uns, menaçant les autres, les terrifiant tous.

« Monsieur, dit Ourson en s'approchant, auriez-vous de l'ouvrage à me donner ?

— Certainement. J'en ai toujours et à choisir. Quel ouvrage demand... » Il leva la tête à ces mots, car il avait répondu sans regarder Ourson. Quand il le vit, au lieu d'achever sa phrase, ses yeux étincelèrent de colère et il continua en balbutiant :

« Quelle est cette plaisanterie ? Sommes-nous en carnaval, pour qu'un ouvrier se permette une si ridicule mascarade ? Veux-tu me jeter à bas ta laide peau d'ours ? ou je te fais passer au feu de ma forge pour rissoler tes poils !

— Ce n'est point une mascarade, répondit tristement Ourson ; c'est, hélas ! une peau naturelle, mais je n'en suis pas moins bon ouvrier, et si vous avez la bonté de me donner de l'ouvrage, vous verrez que ma force égale ma bonne volonté.

— Je vais t'en donner, de l'ouvrage, vilain animal ! s'écria le maître de forge écumant de colère. Je vais te fourrer dans un sac et je t'enverrai dans une ménagerie ; on te jettera dans une fosse avec tes frères les ours. Tu en auras, de l'ouvrage, à te défendre de leurs griffes. Arrière, canaille ! disparais, si tu ne veux pas aller à la ménagerie. »

Et, brandissant son bâton, il en eût frappé Ourson, si celui-ci ne se fût promptement esquivé.

XI

Le sacrifice

Ourson marcha vers sa demeure, découragé, triste, abattu. Il allait lentement; il arriva tard à la ferme. Violette courut au-devant de lui, lui prit la main, et, sans dire un mot, l'amena devant sa mère. Là elle se mit à genoux et dit :

«Ma mère, je sais ce que notre bien-aimé Ourson a souffert aujourd'hui. En son absence, la fée Rageuse m'a tout conté, la fée Drôlette m'a tout confirmé... Ma mère, quand vous avez cru Ourson perdu à jamais pour vous, pour moi, vous m'avez révélé ce que, dans sa bonté, il voulait me cacher. Je sais que je puis, en prenant son enveloppe, lui rendre la beauté qu'il devait avoir. Heureuse, cent fois heureuse de pouvoir reconnaître ainsi la tendresse, le dévouement de ce frère bien-aimé, je demande à faire l'échange permis par la bonne fée Drôlette, et je la supplie de l'opérer immédiatement.

— Violette! Violette! s'écria Ourson terrifié. Violette, reprends tes paroles; tu ne sais pas à quoi tu t'engages, tu ignores la vie d'angoisses et de misère, la vie de solitude et d'isolement à laquelle tu te condamnes, la désolation incessante qu'on éprouve de se voir en horreur à tout le genre humain ! Ah ! Violette, Violette, de grâce, retire tes paroles.

— Cher Ourson, dit Violette avec calme mais avec résolution, en faisant ce que tu crois être un grand sacrifice, j'accomplis le vœu le plus cher à mon cœur, je travaille à mon propre bonheur. Je satisfais à un besoin ardent, impérieux, de te témoigner ma tendresse, ma reconnaissance. Je m'estime en faisant ce que je fais, je me mépriserais en ne le faisant pas.

— Arrête, Violette, un instant encore ; réfléchis, songe à ma douleur quand je ne te verrai plus ma belle, ma charmante Violette, quand je craindrai pour toi les railleries, l'horreur des hommes. Oh ! Violette, ne condamne pas ton pauvre Ourson à cette angoisse. »

Le charmant visage de Violette s'attrista ; la crainte de l'antipathie d'Ourson la fit tressaillir ; mais ce sentiment tout personnel fut passager ; il ne put l'emporter sur sa tendresse si dévouée.

Pour toute réponse elle se jeta dans les bras d'Agnella et dit :

« Mère, embrassez une dernière fois votre Violette blanche et jolie. »

Pendant qu'Agnella, Ourson et Passerose l'embrassaient et la contemplaient avec amour ; pendant qu'Ourson, à genoux, la suppliait de lui laisser sa peau d'ours, à laquelle il était habitué depuis vingt ans qu'il en était revêtu, Violette appela encore à haute voix : « Fée Drôlette ! fée Drôlette ! venez recevoir le prix de la santé et de la vie de mon cher Ourson. »

Au même instant apparut la fée Drôlette dans toute sa gloire, sur un char d'or massif, traîné par cent cinquante alouettes. Elle était vêtue d'une robe en ailes de papillons des couleurs les plus brillantes ; sur ses épaules tombait un manteau en réseau de diamants, qui traînait à dix pieds derrière elle, et d'un travail si fin qu'il était léger comme de la gaze. Ses cheveux, luisants comme des soies d'or, étaient surmontés d'une couronne en escarboucles brillantes comme des soleils. Chacune de ses pantoufles était taillée dans un seul rubis. Son joli visage, doux et gai, respirait le contentement ; elle arrêta sur Violette un regard affectueux :

« Tu le veux donc, ma fille ? dit-elle.

— Madame, s'écria Ourson en tombant à ses pieds, daignez m'écouter. Vous qui m'avez comblé de vos bienfaits, vous qui m'inspirez une si tendre reconnaissance, vous, bonne et juste, exécuterez-vous le vœu insensé de ma chère Violette ? voudrez-vous faire le malheur de ma vie en me forçant d'accepter un pareil sacrifice ? Non, non, fée charmante, fée chérie, vous ne voudrez pas le faire, vous ne le ferez pas. »

Tandis qu'Ourson parlait ainsi, la fée donna un léger coup de sa baguette de perles sur Violette, un second coup sur Ourson et dit :

« Qu'il soit fait selon le vœu de ton cœur, ma fille.... Qu'il soit fait contre tes désirs, mon fils. »

Au même instant, la figure, les bras, tout le corps de Violette se couvrirent des longs poils soyeux qui avaient quitté Ourson; et Ourson apparut avec une peau blanche et unie qui faisait ressortir son extrême beauté. Violette le regardait avec admiration, pendant que lui, les yeux baissés et pleins de larmes, n'osait envisager sa pauvre Violette, si horriblement métamorphosée; enfin il la regarda, se jeta dans ses bras, et tous deux pleurèrent. Ourson était merveilleusement beau; Violette était ce qu'avait été Ourson, sans forme, sans beauté comme sans laideur. Quand Violette releva la tête et regarda Agnella, celle-ci lui tendit les mains.

« Merci, ma fille, ma noble et généreuse enfant! dit Agnella.

— Mère, dit Violette à voix basse, m'aimerez-vous encore?

— Si je t'aimerai, ma fille chérie? cent fois, mille fois plus qu'auparavant!

— Violette, dit Ourson, ne crains pas d'être laide à nos yeux. Pour moi, tu es plus belle cent fois que lorsque tu avais toute ta beauté; pour moi, tu es une sœur, une amie incomparable, tu seras toujours la compagne de ma vie, l'idéal de mon cœur. »

XII
Le combat

Violette allait répondre, lorsqu'une espèce de mugissement se fit entendre dans l'air. On vit descendre lentement un char de peau de crocodile, attelé de cinquante énormes crapauds. Tous ces crapauds soufflaient, sifflaient et auraient lancé leur venin infect, si la fée Drôlette ne le leur eût défendu.

Quand le char fut à terre, il en sortit une grosse et lourde créature : c'était la fée Rageuse ; ses gros yeux semblaient sortir de sa tête ; son large nez épaté couvrait ses joues ridées et flétries, sa bouche allait d'une oreille à l'autre ; quand elle l'ouvrait, on voyait une langue noire et pointue qui léchait sans cesse de vilaines dents écornées et couvertes d'un enduit de bave verdâtre. Sa taille, haute de trois pieds à peine, était épaisse ; sa graisse flasque et jaune avait principalement envahi son gros ventre tendu comme un tambour ; sa peau grisâtre était gluante et froide comme celle d'une limace ; ses rares cheveux rouges tombaient de tous côtés en mèches inégales le long d'un cou plissé et goitreux ; ses mains larges et plates, semblaient être des nageoires de requin. Sa robe était en peaux de limaces et son manteau en peaux de crapauds. Elle s'avança lentement vers Ourson, que nous appellerons désormais de son vrai nom, le prince Merveilleux. Elle s'arrêta en face de lui, jeta un coup d'œil furieux sur la fée Drôlette, un coup d'œil de triomphe moqueur sur Violette, croisa ses gros bras gluants sur son ventre énorme, et dit d'une voix aigre et enrouée :

« Ma sœur l'a emporté sur moi, prince Merveilleux. Il me reste pourtant une consolation ; tu ne seras pas heureux, parce que tu as retrouvé ta beauté première aux dépens du bonheur de cette petite sotte qui est affreuse, ridicule, et dont tu ne voudras plus approcher. Oui, oui, pleure, ma belle Oursine ; tu pleureras longtemps et tu regretteras amèrement, si tu ne le regrettes déjà, d'avoir donné au prince Merveilleux ta belle peau blanche.

— Jamais, madame, jamais ; mon seul regret est de n'avoir pas su plus tôt ce que je pouvais faire pour lui témoigner ma reconnaissance. »

La fée Drôlette, dont le visage avait pris une expression de sévérité et d'irritation inaccoutumées, brandit sa baguette et dit :

« Silence, ma sœur ; vous n'aurez pas longtemps à triompher du malheur de Violette ; j'y porterai remède ; son dévouement mérite récompense.

— Je vous défends de lui venir en aide sous peine de ma colère.

— Je ne redoute pas votre colère, ma sœur, et je dédaigne de vous en punir.

— M'en punir ! tu oses me menacer ? »

Et, sifflant bruyamment, elle fit approcher son

équipage, remonta dans son char, s'enleva et voulut fondre sur Drôlette pour l'asphyxier par le venin de ses crapauds. Mais Drôlette connaissait les perfidies de sa sœur ; ses alouettes fidèles tenaient le char à sa portée, elle sauta dedans. Les alouettes s'enlevèrent, planèrent au-dessus des crapauds, et s'abaissèrent rapidement sur eux ; ceux-ci, malgré leur pesanteur, esquivèrent le coup en se jetant de côté, ils purent même lancer leur venin sur les alouettes les plus rapprochées, qui moururent immédiatement : la fée les détela avec la rapidité de la foudre, s'éleva encore et vint retomber si adroitement sur les crapauds, que les alouettes leur crevèrent les yeux avec leurs griffes, avant que Rageuse eût le temps de secourir son armée. Les cris des crapauds, les sifflements des alouettes faisaient un bruit à rendre sourd ; aussi la fée Drôlette eut-elle l'attention de crier à ses amis, qui regardaient le combat avec terreur : « Éloignez-vous et bouchez-vous les oreilles. » Ce qu'ils firent immédiatement.

Rageuse tenta un dernier effort ; elle dirigea ses crapauds aveugles vers les alouettes, afin de les prendre en face et de leur lancer du venin ; mais Drôlette s'élevait, s'élevait toujours ; Rageuse restait toujours au-dessous. Enfin, ne pouvant contenir sa colère, elle s'écria :

« Tu es soutenue par la reine des fées, une vieille drôlesse que je voudrais voir au fond des enfers. »

À peine eut-elle prononcé ces paroles, que son

char retomba pesamment à terre ; les crapauds crevèrent, le char disparut ; Rageuse resta seule, sous la forme d'un gros crapaud. Elle voulut parler, elle ne put que mugir et souffler ; elle regardait avec fureur Drôlette et ses alouettes, le prince Merveilleux, Violette et Agnella : mais son pouvoir était détruit.

La fée Drôlette abaissa son char, descendit à terre et dit :

« La reine des fées t'a punie de ton audace, ma sœur. Repens-toi si tu veux obtenir ta grâce. »

Pour toute réponse, le crapaud lança son venin, qui, heureusement, n'atteignit personne. Drôlette étendit vers lui sa baguette.

« Je te commande de disparaître et de ne plus jamais te montrer aux yeux du prince, de Violette et de leur mère. »

À peine avait-elle achevé ces mots, que le crapaud disparut, sans qu'il restât le moindre vestige de son attelage et de son char. La fée Drôlette demeura pendant quelques instants immobile ; elle passa la main sur son front, comme pour en chasser une triste pensée, et, s'approchant du prince Merveilleux, elle lui dit :

« Prince, le titre que je vous donne vous indique votre naissance : vous êtes le fils du roi Féroce et de la reine Aimée, cachée jusqu'ici sous l'apparence d'une modeste fermière. Le nom de votre père indique assez son caractère ; votre mère l'ayant empêché de tuer son frère Indolent et sa belle-sœur Nonchalante, il tourna contre elle sa fureur : ce fut moi qui la sauvai dans une nuée avec sa fidèle Passerose. Et vous, princesse Violette, votre naissance égale celle du prince Merveilleux ; votre père et votre mère sont ce même roi Indolent et cette reine Nonchalante, qui, sauvés une fois par votre mère, finirent par périr victimes de leur apathie. Depuis ce temps le roi Féroce a été massacré par ses sujets, qui ne pouvaient plus supporter son joug cruel ; ils vous attendent, prince, pour régner sur eux ; je leur ai révélé votre existence, et je leur ai promis que vous prendriez une épouse digne de vous. Votre choix peut s'arrêter sur une des douze princesses que votre père retenait captives après avoir égorgé leurs parents ; toutes sont belles et sages, et toutes vous apportent en dot un royaume. »

La surprise avait rendu muet le prince Merveilleux ; aux dernières paroles de la fée, il se tourna vers Violette, et, la voyant pleurer :

« Pourquoi pleures-tu, Violette ? Crains-tu que je rougisse de toi, que je n'ose pas témoigner devant toute ma cour la tendresse que tu m'inspires, que je cache ce que tu as fait pour moi, que j'oublie les liens qui m'attachent à toi pour jamais ? Crois-tu que je puisse être assez ingrat pour chercher une autre affection que la tienne, et te remplacer par une de ces princesses retenues captives par mon père ? Non, chère Violette ; jusqu'ici je n'ai vu en toi qu'une sœur ; désormais tu seras la compagne de ma vie, ma seule amie, ma femme en un mot.

— Ta femme, cher frère ! C'est impossible. Comment assoirais-tu sur ton trône une créature aussi laide que ta pauvre Violette ? Comment oserais-tu braver les railleries de tes sujets et des rois voisins ? Moi-même, comment pourrais-je me montrer au milieu des fêtes de ton retour ? Non, mon ami, mon frère, laisse-moi vivre auprès de toi, près de notre mère, seule, ignorée, couverte d'un voile, afin que personne ne me voie et ne puisse te blâmer d'avoir fait un triste choix. »

Le prince Merveilleux insista longuement et fortement ; Violette avait peine à se commander, mais néanmoins elle résistait avec autant de fermeté que de dévouement. Agnella ne disait rien ; elle eût voulu que son fils acceptât ce dernier sacrifice de la malheureuse Violette, et qu'il la laissât vivre près d'elle et près de lui, mais cachée à tous les regards. Passerose pleurait et encourageait tout bas le prince dans son insistance.

« Violette, dit enfin le prince, puisque tu refuses de monter sur le trône avec moi, j'abandonne ce trône et la puissance royale pour vivre avec toi comme par le passé dans la solitude et le bonheur. Sans toi, le sceptre me serait un trop lourd fardeau ; avec toi, notre petite ferme me sera un paradis. Dis, Violette, le veux-tu ainsi ?

— Tu l'emportes, cher frère ; oui, vivons ici comme nous avons vécu depuis tant d'années, modestes dans nos goûts, heureux par notre affection.

— Noble prince et généreuse princesse, dit la fée, vous aurez la récompense de votre tendresse si dévouée et si rare. Prince, dans le puits où je vous ai transporté pendant l'incendie, il y a un trésor sans prix pour vous et pour Violette. Descendez-y, cherchez, et quand vous l'aurez trouvé, apportez-le : je vous en ferai connaître la valeur. »

Le prince ne se le fit pas dire deux fois ; il courut vers le puits ; l'échelle y était encore, il descendit lestement ; arrivé au fond, il ne vit rien que le tapis qu'il avait trouvé la première fois. Il examina les parois du puits : rien n'indiquait un trésor. Il leva le tapis et aperçut une pierre noire avec un anneau ; il tira l'anneau, la pierre s'enleva et découvrit une cassette qui brillait comme une réunion d'étoiles. « Ce doit être le trésor dont parle la fée », dit-il. Il saisit la cassette ; elle était légère comme une coquille de noix. Il s'empressa de remonter, la tenant soigneusement dans ses bras.

On attendait son retour avec impatience ; il remit la cassette à la fée. Agnella s'écria :

« C'est la cassette que vous m'aviez confiée, madame, et que je croyais perdue dans l'incendie.

— C'est la même, dit la fée ; voici la clef, prince ; ouvrez-la. »

Ourson s'empressa de l'ouvrir. Quel ne fut pas le désappointement général quand, au lieu des trésors qu'on s'attendait à en voir sortir, on n'y trouva que les bracelets qu'avait Violette lorsque son cousin l'avait rencontrée endormie dans la forêt, et un flacon d'huile de senteur!

La fée les regardait tour à tour et riait de leur stupeur; elle prit les bracelets et les remit à Violette.

«Ceci est mon présent de noces, ma chère enfant; chacun de ces diamants a la propriété de préserver de tout maléfice la personne qui le porte; et de lui donner toutes les vertus, toutes les richesses, toute la beauté, tout l'esprit et tout le bonheur désirables. Usez-en pour les enfants qui naîtront de votre union avec le prince Merveilleux.»

Prenant ensuite le flacon :

«Quant au flacon d'huile de senteur, c'est le présent de noces de votre cousin; vous aimez les parfums, celui-ci a des vertus particulières; servez-vous-en aujourd'hui même. Demain je reviendrai vous chercher et vous ramener tous dans votre royaume.

— J'ai renoncé à mon royaume, madame; je veux vivre ici avec ma chère Violette...

— Et qui donc gouvernera votre royaume, mon fils? interrompit la reine Aimée.

— Ce sera vous, ma mère, si vous voulez bien en accepter la charge», répondit le prince.

La reine allait refuser la couronne de son fils, quand la fée la prévint :

«Demain nous reparlerons de cela, dit-elle; en

attendant, vous, madame, qui désirez un peu la couronne que vous alliez pourtant refuser, je vous défends de l'accepter avant mon retour; et vous, cher et aimable prince, ajouta-t-elle d'une voix douce accompagnée d'un regard affectueux, je vous défends de la proposer avant mon retour. Adieu, à demain. Quand il vous arrivera bonheur, mes chers enfants, pensez à votre amie la fée Drôlette. »

Elle remonta dans son char; les alouettes s'envolèrent rapidement, et bientôt elle disparut, laissant derrière elle un parfum délicieux.

XIII

La récompense

Le prince regarda Violette et soupira. Violette regarda le prince et sourit.

« Comme tu es beau, cher cousin ! Que je suis heureuse de t'avoir rendu ta beauté ! Moi, je vais verser quelques gouttes d'huile de senteur sur mes mains; puisque je ne peux te plaire, je veux du moins t'embaumer », ajouta-t-elle en riant.

Et, débouchant le flacon, elle pria Merveilleux de lui en verser quelques gouttes sur le front et sur le visage. Le prince avait le cœur trop gros pour parler. Il prit le flacon et exécuta l'ordre de sa cousine. Aussitôt que l'huile eut touché le front de Violette, quelles ne furent pas sa joie et sa surprise en voyant tous ses poils disparaître et sa peau reprendre sa blancheur et sa finesse premières !

Le prince et Violette, en voyant la vertu de cette huile merveilleuse, poussèrent un cri de joie, et, courant vers l'étable, où étaient la reine et Passerose, ils leur firent voir l'heureux effet de l'huile de la fée. Toutes deux partagèrent leur bonheur. Le prince Merveilleux ne pouvait en croire ses yeux. Rien désormais ne s'opposait à son union avec Violette, si bonne, si dévouée, si tendre, si bien faite pour assurer le bonheur de son cousin.

La reine songeait au lendemain, à son retour dans son royaume, qu'elle avait abandonné depuis vingt ans : elle aurait voulu que son fils, que Violette et qu'elle-même eussent des vêtements convenables pour une si grande cérémonie ; mais elle n'avait ni le temps ni les moyens de s'en procurer : il fallait donc conserver leurs habits de drap grossier, et se montrer ainsi à leur peuple. Violette et Merveilleux riaient de l'inquiétude de leur mère.

« Ne trouvez-vous pas, mère, que notre beau Merveilleux est bien assez paré de sa beauté, et qu'un habit somptueux ne le rendra ni plus beau ni plus aimable ?

— Et ne trouvez-vous pas, comme moi, mère, que la beauté de notre chère Violette la pare mieux que les plus riches vêtements ; que l'éclat de ses yeux l'emporte sur les plus brillantes pierreries ; que la blancheur de ses dents ferait pâlir les perles les plus belles ; que la richesse de sa blonde chevelure la coiffe mieux qu'une couronne de diamants ?

— Oui, oui, mes enfants, sans doute, vous êtes tous deux beaux et charmants ; mais un peu de toilette ne gâte rien ; quelques bijoux, un peu de broderie, de riches étoffes, ne feraient aucun tort à votre beauté. Et moi qui suis vieille...

— Mais pas laide, madame, interrompit vivement Passerose ; vous êtes encore belle et aimable, malgré votre petit bonnet de fermière, votre jupe de drap rayé, votre corsage de camelot rouge et votre guimpe de simple toile. D'ailleurs, une fois rentrée dans votre royaume, vous achèterez toutes les robes qui vous feront plaisir. »

La soirée se passa ainsi gaiement et sans inquiétude de l'avenir. La fée avait pourvu à leur souper ; ils passèrent leur dernière nuit sur les bottes de paille de l'étable, et, comme ils étaient tous fatigués des émotions de la journée, ils dormirent si profondément que le jour brillait depuis longtemps et que la fée était au milieu d'eux avant qu'ils fussent réveillés.

Un léger hem ! hem ! de la fée les tira de leur sommeil ; le prince fut le premier à ouvrir les yeux : il se jeta aux genoux de la fée et lui adressa des remerciements tellement vifs qu'elle en fut attendrie.

Violette aussi était aux genoux de la fée, la remerciant avec le prince.

« Je ne doute pas de votre reconnaissance, leur dit la fée, mais j'ai beaucoup à faire, on m'attend dans le royaume du roi Bénin, où je dois assister à la naissance du troisième fils de la princesse Blondine ; ce fils doit être le mari de votre fille aînée, prince Merveilleux, et je tiens à le douer de toutes les qualités qui pourront le faire aimer de votre fille. Il faut que je vous mène dans votre royaume ; plus tard, je reviendrai assister à vos noces... Reine, continua-t-elle en s'adressant à Aimée qui venait de s'éveiller, nous allons partir immédiatement pour le royaume de votre fils ; êtes-vous prête, ainsi que votre fidèle Passerose ?

— Madame, répondit la reine avec un léger embarras, nous sommes prêtes à vous suivre ; mais ne rougirez-vous pas de notre toilette si peu digne de notre rang ?

— Ce ne sera pas moi qui en rougirai, reine, répliqua la fée en souriant ; c'est vous qui seriez disposée à en rougir. Mais je puis porter remède à ce mal. »

En disant ces mots, elle décrivit avec sa baguette un cercle au-dessus de la tête de la reine, qui au même moment se trouva vêtue d'une robe de brocart d'or, coiffée d'un chaperon de plumes rattachées par un cordon de diamants, et chaussée de brodequins de velours pailletés d'or.

La reine regardait sa robe d'un air de complaisance.

«Et Violette? dit-elle, et mon fils? N'étendrez-vous pas sur eux vos bontés, madame?

— Violette ne me l'a pas demandé, ni votre fils non plus. Je suivrai en cela leurs désirs. Parlez, Violette, désirez-vous changer de costume?

— Madame, répondit Violette en baissant les yeux et en rougissant, j'ai été heureuse sous cette simple robe de toile ; c'est dans ce costume que mon frère m'a connue, m'a aimée ; souffrez que je le conserve tant que le permettront les convenances, et que je le garde toujours en souvenir des heureuses années de mon enfance.»

Le prince remercia Violette en lui serrant tendrement les mains.

La fée approuva Violette d'un signe de tête amical, fit approcher son équipage qui attendait à quelques pas, y monta, et plaça près d'elle la reine, Violette, le prince et Passerose. En moins d'une heure, les alouettes franchirent les trois mille lieues qui les séparaient du royaume de Merveilleux ; tout le peuple et toute la cour, prévenus par la fée, attendaient dans les rues et dans le palais. À l'aspect du char, le peuple poussa des cris de joie, qui redoublèrent lorsque, le char s'arrêtant sur la grande place du palais, on en vit descendre la reine Aimée, un peu vieillie sans doute, mais toujours jolie et gracieuse ; le prince Merveilleux, dont la beauté et la grâce étaient rehaussées par la richesse de ses vêtements, éblouissants d'or et de pierreries : c'était encore une gracieuseté de la fée. Mais les acclamations devinrent frénétiques, lorsque le prince, prenant la main de Violette, la présenta au peuple. Son doux et charmant visage, sa taille fine et élégante étaient encore embellis par la toilette dont la fée l'avait revêtue d'un coup de baguette. Sa robe était en dentelle d'or, son corsage, ses épaules, et ses bras étaient ornés d'une foule d'alouettes en diamants, pas plus grosses que des oiseaux-mouches; sur la tête, elle avait aussi une couronne de petites alouettes en pierreries de toutes couleurs. Son air doux et vif, sa grâce, sa beauté, lui gagnèrent tous les cœurs. On cria tant et si longtemps : *Vive le roi Merveilleux ! vive la reine Violette !* que plusieurs personnes dans la foule en devinrent sourdes. La fée, qui ne voulait que joie et bonheur dans tout le royaume, les guérit tous, à la prière de Violette. Il y eut un grand repas pour la cour et pour le peuple. Un million trois cent quarante-six mille huit cent vingt-deux personnes dînèrent aux frais de la fée, et chacun emporta de quoi manger pendant huit jours. Pendant le repas, la fée partit pour aller chez le roi Bénin, promettant de revenir pour les noces de Merveilleux et de Violette. Pendant les huit jours que dura son absence, Merveilleux, qui voyait sa mère un peu triste de ne plus être reine, la pria avec tant d'instance d'accepter le royaume de Violette, qu'elle consentit à y régner, à la condition toutefois que le roi Merveilleux et la reine Violette viendraient tous les ans passer trois mois chez elle.

La reine Aimée, avant de quitter ses enfants, voulut assister à leur union. La fée Drôlette, plusieurs fées et génies de ses amis furent convoqués aux noces. Ils eurent tous des présents magnifiques, et ils furent si satisfaits de l'accueil que leur avaient fait le roi Merveilleux et la reine Violette, qu'ils promirent de revenir toutes les fois qu'ils seraient appelés. Deux ans après, ils reçurent tous une nouvelle invitation pour assister à la naissance du premier enfant des jeunes époux. Violette mit au jour une fille, qui fut, comme son père et sa mère, une merveille de bonté et de beauté.

Le roi et la reine ne purent exécuter la promesse qu'ils avaient faite à leur mère. Un des génies qui avaient été invités aux noces de Merveilleux et de Violette, et qui s'appelait Bienveillant, trouva à la reine Aimée tant de douceur, de bonté et de beauté, qu'il l'aima ; il alla la visiter plusieurs fois quand elle fut dans son nouveau royaume ; se voyant affectueusement accueilli par la reine, il l'enleva un beau jour dans un tourbillon. La reine Aimée pleura un peu ; mais comme elle aimait aussi le génie, elle se consola promptement et consentit à l'épouser. Le roi des génies lui accorda, comme présent de noces, de participer à tous les privilèges de son mari, de ne jamais mourir, de ne jamais vieillir, de se transporter en un clin d'œil partout où elle voudrait. Elle usa souvent de cette faculté pour voir son fils et ses petits-enfants. Le roi et la reine eurent huit fils et quatre filles ; tous sont charmants ; ils seront heureux, sans doute, car ils s'aiment tendrement ; et leur grand-mère, qui les gâte un peu, dit-on, leur fait donner par leur grand-père, le génie Bienveillant, tout ce qui peut contribuer à leur bonheur.

Passerose, qui était tendrement attachée à la reine Aimée, l'avait suivie dans son nouveau royaume ; mais quand le génie enleva la reine dans un tourbillon, Passerose, se voyant oubliée et ne pouvant la suivre, fut si triste de l'isolement dans lequel la laissait le départ de sa chère maîtresse, qu'elle pria la fée Drôlette de la transporter près du roi Merveilleux et de la reine Violette. Elle y resta pour soigner leurs enfants, auxquels elle racontait souvent les aventures d'Ourson et de Violette ; elle y est encore, dit-on, malgré les excuses que lui firent le génie et la reine de ne l'avoir pas fait entrer dans le tourbillon.

« Non, non, leur répondit Passerose ; restons comme nous sommes. Vous m'avez oublié une fois, vous pourriez bien m'oublier encore. Ici mon cher Ourson et ma douce Violette n'oublient jamais leur vieille bonne. Je les aime ; je leur resterai. Ils m'aiment, ils me garderont. »

Quant au fermier, à l'intendant, au maître de forge, qui avaient été si cruels envers Ourson, ils furent sévèrement punis par la fée Drôlette.

Le fermier fut dévoré par un ours quelques heures après avoir chassé Ourson.

L'intendant fut chassé par son maître pour avoir fait lâcher les chiens, qu'on ne put jamais retrouver. La nuit même, il fut piqué par un serpent venimeux, et expira quelques instants après.

Le maître de forge ayant réprimandé trop brutalement ses ouvriers, ils se saisirent de lui et le précipitèrent dans le fourneau ardent, où il périt en quelques secondes.

Appendices

Éléments biographiques [1]

1799. Naissance à Saint-Pétersbourg de Sophie Féodorovna Rostopchine, troisième enfant de Théodore Vassilievitch-Rostopchine, gentilhomme de la cour de Paul Ier, et de sa jeune femme, Catherine Protassov.

1801. La famille Rostopchine, qui comptera sept enfants au total, dont deux morts en bas âge, s'installe à Voronovo, propriété de 25 000 hectares située à quelques dizaines de kilomètres de Moscou. Le père de Sophie y dirige une vaste exploitation agricole et y crée l'un des haras les plus importants de Russie. Une centaine de domestiques pourvoit au train de sa maison. Sophie reçoit une éducation très soignée, parle bientôt le français aussi bien que le russe, puis l'anglais et l'allemand; elle joue du piano, dessine et apprend à confectionner elle-même ses robes. Toutefois, la réelle sévérité exer-

---

1. On trouvera ci-dessous des citations de la correspondance de Sophie de Ségur et quelques détails empruntés à l'édition des *Œuvres*, éd. Claudine Beaussant, Paris, Robert Laffont, «Bouquins», tome I, 1990 (respectivement p. LXI-CXLVI pour les «Lettres à son éditeur» et p. 811-1065 pour le «Dictionnaire»).

cée à l'égard des enfants, élevés à la dure, l'extrême pruderie des femmes dominées par leurs pères et leurs maris et soumises à l'autorité des prêtres, les rudes conditions de vie de paysans réduits au servage, les vexations, les humiliations, les punitions physiques dont hommes et femmes sont fréquemment l'objet laisseront dans son souvenir une trace indélébile.

1809. Le comte Rostopchine, qui a manifesté ses sentiments antifrançais dans plusieurs publications, est nommé grand chambellan du tsar Alexandre Ier. La famille revient à Saint-Pétersbourg l'année suivante.

1812. Le comte est nommé gouverneur de Moscou. À l'approche de l'armée napoléonienne, il fait mettre le feu à la ville (ce qu'il démentira publiquement ensuite), puis à sa propriété de Voronovo (l'immense château sera rénové plus tard et la propriété vendue en 1858).

1816. Disgrâce du comte qui quitte Moscou pour Paris où sa famille vient le retrouver en 1817 et s'installe dans un luxueux hôtel particulier de la rue Gabriel. Réceptions, bals, dîners, fréquentation des grandes familles aristocratiques auxquelles la Restauration va redonner tout leur lustre et qu'elle va rétablir dans leurs biens.

1819. À l'âge de vingt ans, Sophie épouse Eugène de Ségur, né en 1798, lieutenant des lanciers de la Garde. D'ancienne noblesse, il est sensiblement moins fortuné que sa femme. Le couple s'installe rue de Varenne.

1820-1835. Après la naissance de son premier enfant, Gaston, Sophie donne successivement naissance à trois fils, dont le deuxième meurt à l'âge de quelques semaines, et à quatre filles, dont la dernière, Olga, naît en 1835. La famille partage son temps entre Paris et le château des Nouettes, en Normandie, offert à sa fille par le comte Rostopchine. Les tensions et dissensions familiales paraissent avoir été nombreuses et les enfants avoir pris très tôt le parti de leur mère, très pieuse, contre celle de leur père, plutôt libéral et libre penseur, assez avare et coureur de jupons.

1836-1851. À la suite de ses dernières couches, dont elle se remet difficilement, Sophie de Ségur garde volontiers la chambre, refusant parfois de parler. Elle souffre de migraines violentes, de maux de reins et de gorge. Elle semble avoir reporté toute son affection sur l'aîné de ses enfants, Gaston, bachelier en droit en 1840, un moment élève du peintre Paul Delaroche (il fera le portrait à l'huile de son père et laissera quelques portraits de sa mère), puis diplomate; contre l'avis de son père, il est ordonné prêtre en 1847. Brillamment mariés, les autres enfants de Sophie de Ségur, à l'exception de Sabine, devenue religieuse, lui assureront une nombreuse descendance.

1852-1853. Séjour de six mois à Rome, dans un palais de la piazza Colonna, avec une partie de ses enfants et petits-enfants. Gaston est alors auditeur de rote et ménage à sa mère plusieurs audiences particulières avec le pape Pie IX.

1854. Gaston devient aveugle (il sera nommé évêque de Saint-Denis en 1856 par autorisation spéciale du pape).

1855. Édition à compte d'auteur d'une brochure, *La Santé des enfants*, qui contient des recommandations et des remèdes traditionnels. En octobre, signature avec la librairie Hachette d'un contrat pour la publication de contes de fées, dont *Ourson*. Sophie de Ségur fait également parvenir à l'éditeur le manuscrit de son premier roman, *Les Petites Filles modèles*.

1857. Publication au début de l'année de cinq contes dans *La Semaine des enfants* (le magazine cessera de paraître en 1876). Publication en volume des *Nouveaux Contes de fées* et des *Petites Filles modèles* dans la « Bibliothèque des chemins de fer » en vente dans les gares : « Seront sévèrement bannies toutes les publications qui pourraient exciter ou entretenir les passions politiques, ainsi que tous les écrits contraires à la morale », précise le feuillet publicitaire de cette « Bibliothèque » d'un nouveau genre. Sophie de Ségur a cinquante-huit ans et compte neuf petits-enfants (elle en aura vingt au total, auxquels elle dédicacera régulièrement ses œuvres). Publication du *Livre de messe des petits enfants*.

1858. Parution des *Malheurs de Sophie*, l'œuvre la plus connue de la comtesse, plusieurs fois adaptée pour le cinéma, notamment par le jeune Éric Rohmer en 1952. Elle constitue le deuxième volume de la trilogie des Fleurville, avant *Les Vacances* (1859). Il met en scène la petite Sophie âgée de quatre ans, pourvue de défauts qui provoquent nombre de « malheurs » et la contraignent peu à peu à s'assagir ; il se termine sur un grand départ en voyage en compagnie du cousin Paul. « J'écris au profit des pauvres, se permet de rappeler Sophie de Ségur à Émile Templier, gendre de Louis Hachette, le 5 février […]. J'espérais avoir mon livre publié en janvier […]. Que faire dans cette extrémité, sinon vous demander si vous voulez [...] me verser d'avance les 500 francs que je devais toucher lors de la mise en vente de mes *Petites Filles modèles*». Comme elle est payée au forfait, ses publications, malgré leur grand succès, ne lui assurent en réalité qu'un modeste complément financier.

1860. Parution des *Mémoires d'un âne* dans lequel Cadichon raconte, à la première personne, les mauvais traitements que lui réservent ses petits maîtres; il sauvera l'un d'eux tombé dans l'étang de la propriété, ce qui lui vaudra une vieillesse heureuse.

1861. Parution dans *La Semaine des enfants* de *Pauvre Blaise*. «Je dois vous prévenir, tout en riant et en rougissant de mes prétentions, écrit Sophie de Ségur à son éditeur le 20 février, que j'élève le prix de mes œuvres, à mesure que je vois grandir mes succès. Je ne pense pas avoir diminué le budget de votre maison et je désire augmenter un peu le mien.»

1862. Parution dans *La Semaine des enfants* de *La sœur de Gribouille*.

1863. Mort d'Eugène de Ségur. Sa femme, qui a abandonné la plus grande partie de ses revenus à ses enfants, quitte le grand appartement de la rue de Grenelle pour un logis beaucoup plus modeste dans la même rue. Parution dans *La Semaine des enfants* de *L'Auberge de l'ange gardien*, dans lequel deux jeunes orphelins finissent par retrouver leur père et se choisir une mère, puis du *Général Dourakine*. *Les Bons Enfants, Les Deux Nigauds* paraissent dans la «Bibliothèque rose». «Vous avez l'air de trouver dans votre lettre que je ne fournis pas assez de manuscrits à votre Bibliothèque rose. Il me serait

difficile d'en faire davantage, mais si une fois en passant vous aviez besoin d'un troisième volume dans l'année, je tâcherais de vous le fabriquer» (11 mai, à Émile Templier).
1864. Parution dans *La Semaine des enfants* de *François le Bossu* (le titre initialement choisi, *La Mauvaise Mère*, avait choqué l'éditeur et la famille Ségur).
1865. Publication de *L'Évangile d'une grand-mère, Un bon petit diable, Comédies et proverbes, Jean qui grogne et Jean qui rit*.
1866. *Quel amour d'enfant*. Le 8 septembre, Sophie de Ségur écrit à son éditeur : «Les années éteignent l'imagination, l'activité de l'esprit; peut-être en ferai-je encore un [livre] cette année; ce sera mon chant du cygne pour la Bibliothèque rose. Je n'écrirai plus pour amuser. Je ferai tout doucement une *Histoire sainte* comme l'*Évangile* et les *Apôtres*; mais ce sera une œuvre indigne de vous, qui aura pour destination modeste d'être répandue dans les campagnes, dans les écoles du peuple [...].»
1867. *Le Mauvais Génie, Les Actes des apôtres, La Fortune de Gaspard*.
1868. Mort de Sabine, âgée de trente-neuf ans, au couvent de la Visitation, rue de Vaugirard à Paris, où elle était religieuse. Parution de *Diloy le Chemineau*.
1869-1870. *Bible d'une grand-mère*. Problèmes de santé. Sophie de Ségur s'installe chez sa fille Henriette, jumelle de Sabine, au château de Kermadio, dans le Morbihan.
1871. *Après la pluie, le beau temps*, dernier roman de Sophie de Ségur.
1874. Mort à Paris. Sophie de Ségur est enterrée dans le Morbihan; son cœur est embaumé et déposé au

couvent qui fut celui de sa fille Sabine. Extrêmement attaché à sa mère dont il décrira avec émotion les derniers moments dans *Ma mère, souvenir de sa vie et de sa sainte mort* (1893), avant de lui consacrer une biographie deux ans plus tard, Gaston brûle toutes les lettres que celle-ci lui a adressées.

Repères bibliographiques

Œuvres de Sophie de Ségur

L'œuvre de la comtesse de Ségur compte 1 512 entrées au catalogue de la Bibliothèque nationale de France ; ses contes et romans ont fait l'objet d'innombrables rééditions, généralement illustrées ; ils sont disponibles dans la collection « Folio junior » aux éditions Gallimard.

Correspondance, éd. Marie-José Strich, Paris, Éditions Scala, 1993 [album illustré qui reproduit un petit nombre de lettres déjà connues].
Œuvres, éd. Claudine Beaussant, préface de Jacques Laurent, Paris, Robert Laffont, « Bouquins », 1990, 3 vol. [le premier volume de cette édition de référence contient une chronologie détaillée de la vie de la comtesse, 166 lettres inédites à son éditeur (1855-1872), un dictionnaire, un répertoire des principaux personnages et une bibliographie détaillée].

Biographies et ouvrages critiques

BEAUSSANT, Claudine, *La Comtesse de Ségur ou l'Enfance de l'art*, Paris, Robert Laffont, 1988.

BLETON, Pierre, *La Vie sociale sous le Second Empire, un étonnant témoignage de la comtesse de Ségur*, Paris, Éditions ouvrières, 1963.

BLUCHE, François, *Le Petit Monde de la comtesse de Ségur*, Paris, Hachette, 1988.

DIESBACH, Ghislain de, *La Comtesse de Ségur, née Rostopchine*, Paris, Perrin, 1999.

MARCOIN, Francis, *La Comtesse de Ségur ou le Bonheur immobile*, Arras, Presses de l'université d'Artois, 1999.

NIÈRES-CHEVREL, Isabelle (dir.), *La Comtesse de Ségur et ses alentours*, Arras, Presses de l'université d'Artois, 2001.

PIPET, Patrick, *Comtesse de Ségur. Les mystères de Sophie : les contenus insoupçonnés d'une œuvre incomprise*, Paris, L'Harmattan, 2007.

STRICH, Marie-José, *La Comtesse de Ségur : une femme dans l'Ouest*, Paris, Perrin, 2000.

La commune d'Aube, dans l'Orne, abrite, outre le château des Nouettes, un musée consacré à la comtesse de Ségur.

Présentation 7
Note sur le texte 17

Ourson 19

APPENDICES

Éléments biographiques 111
Repères bibliographiques 118

DÉCOUVREZ LES FOLIO 2 €

« FEMMES DE LETTRES »
Série conçue et réalisée par Martine Reid
Parutions de mai 2010

Madame ROLAND *Enfance*
Mme Roland, née Manon Phlipon (1754-1793), fut arrêtée comme Girondine le 1er juin 1793, condamnée à mort et guillotinée le 8 novembre. Elle passa ses mois de captivité à rédiger d'admirables Mémoires dont on trouvera ici les premiers chapitres. L'époque romantique devait voir en elle l'une des grandes figures féminines de la Révolution.

Comtesse de SÉGUR *Ourson*
Née à Saint-Pétersbourg, Sophie Rostopchine (1799-1874), devenue comtesse de Ségur, doit sa renommée exceptionnelle à la production de près d'une trentaine d'ouvrages, contes et romans. *Les Petites Filles modèles*, *Les Malheurs de Sophie*, *Mémoires d'un âne*, *Un bon petit diable* et bien d'autres ont été lus par des millions d'enfants et de jeunes adolescents dans le monde.

Marguerite de VALOIS *Mémoires (1569-1577)*
Marguerite de Valois (1553-1615) est la première épouse d'Henri IV. Publiés en 1628, ses *Mémoires* constituent un témoignage exceptionnel sur la cour de Catherine de Médicis et les guerres de religion. Alexandre Dumas s'en est inspiré pour son roman historique, *La Reine Margot*.

Madame de VILLENEUVE *La Belle et la Bête*
Gabrielle-Suzanne de Villeneuve (1685-1755) est l'auteur de l'un des contes de fées les plus célèbres de la littérature française. Venue tardivement à la littérature, elle est également l'auteur de plusieurs autres contes et romans, parmi lesquels *La Jardinière de Vincennes* qui connut un grand succès.

Louise de VILMORIN *Sainte-Unefois*
Figure du Tout-Paris, amie de Jean Cocteau, d'Orson Welles, de Max Ophuls et compagne d'André Malraux à la fin de sa vie, Louise de Vilmorin (1902-1969) est l'auteur d'une quinzaine de romans, de recueils de poèmes et d'une immense correspondance. *Sainte-Unefois* est son premier roman.

Déjà parus dans la série « Femmes de lettres »

Marie d'AGOULT	*Premières années (1806-1827)*
Madame d'AULNOY	*La Princesse Belle Étoile et le prince Chéri*
Simone de BEAUVOIR	*La femme indépendante*

Madame CAMPAN	*Mémoires sur la vie privée de Marie-Antoinette*
Isabelle de CHARRIÈRE	*Sir Walter Finch et son fils William*
Isabelle EBERHARDT	*Amours nomades*
Madame de GENLIS	*La Femme auteur*
Madame de LAFAYETTE	*Histoire de la princesse de Montpensier et autres nouvelles*
Madame RICCOBONI	*Histoire de M. le marquis de Cressy*
George SAND	*Pauline*
Madame de SÉVIGNÉ	*« Je vous écris tous les jours… » Premières lettres à sa fille*
Madame de STAËL	*Trois nouvelles*
Elsa TRIOLET	*Les Amants d'Avignon*
Flora TRISTAN	*Promenades dans Londres*
Renée VIVIEN	*La Dame à la louve*

Découvrez aussi en mai 2010

Honoré de BALZAC — *La Fausse Maîtresse*
Un drame amoureux dans lequel le mensonge et la séduction tiennent les premiers rôles.

Ray BRADBURY — *Le meilleur des mondes possibles* et autres nouvelles
Ray Bradbury, grand maître de l'imaginaire, nous entraîne dans son univers où le fantastique et la poésie se rejoignent.

COLLECTIF — *L'œil du serpent*. Contes folkloriques japonais
Merveilleux et étranges, ces contes nous entraînent au cœur de la mythologie japonaise peuplée de créatures fantastiques et de paysans naïfs.

Federico GARCÍA LORCA — *Romancero gitan* suivi de *Chant funèbre pour Ignacio Sanchez Mejias*
Sur fond de guitares andalouses, découvrez toute la sensualité et la force de l'âme gitane sous la plume du plus grand poète espagnol du XXe siècle

Jean-Jacques ROUSSEAU — *« En méditant sur les dispositions de mon âme… »* et autres *Rêveries* suivi de *Mon portrait*

Promenez-vous dans la campagne avec Rousseau, herborisez et laissez-vous porter par les méditations de l'un des écrivains les plus singuliers du XVIIIᵉ siècle.

Dans la même collection

M. D'AGOULT	*Premières années* (Folio n° 4875)
R. AKUTAGAWA	*Rashômon* et autres contes (Folio n° 3931)
E. ALMASSY	*Petit éloge des petites filles* (Folio n° 4953)
AMARU	*La Centurie. Poèmes amoureux de l'Inde ancienne* (Folio n° 4549)
P. AMINE	*Petit éloge de la colère* (Folio n° 4786)
M. AMIS	*L'état de l'Angleterre* précédé de *Nouvelle carrière* (Folio n° 3865)
H. C. ANDERSEN	*L'elfe de la rose* et autres contes du jardin (Folio n° 4192)
ANONYME	*Ma'rûf le savetier.* Un conte des *Mille et Une Nuits* (Folio n° 4317)
ANONYME	*Le Petit-Fils d'Hercule* (Folio n° 5010)
ANONYME	*Le poisson de jade et l'épingle au phénix* (Folio n° 3961)
ANONYME	*Saga de Gísli Súrsson* (Folio n° 4098)
G. APOLLINAIRE	*Les Exploits d'un jeune don Juan* (Folio n° 3757)
ARAGON	*Le collaborateur* et autres nouvelles (Folio n° 3618)
I. ASIMOV	*Mortelle est la nuit* précédé de *Chante-cloche* (Folio n° 4039)
S. AUDEGUY	*Petit éloge de la douceur* (Folio n° 4618)
AUGUSTIN (SAINT)	*La Création du monde et le Temps* suivi de *Le Ciel et la Terre* (Folio n° 4322)

MADAME D'AULNOY	*La Princesse Belle Étoile et le prince Chéri* (Folio n° 4709)
J. AUSTEN	*Lady Susan* (Folio n° 4396)
M. AYMÉ	*La bonne peinture* (Folio n° 5011)
H. DE BALZAC	*L'Auberge rouge* (Folio n° 4106)
H. DE BALZAC	*Les dangers de l'inconduite* (Folio n° 4441)
É. BARILLÉ	*Petit éloge du sensible* (Folio n° 4787)
J. BARNES	*À jamais* et autres nouvelles (Folio n° 4839)
F. BARTELT	*Petit éloge de la vie de tous les jours* (Folio n° 4954)
S. DE BEAUVOIR	*La Femme indépendante* (Folio n° 4669)
T. BENACQUISTA	*La boîte noire* et autres nouvelles (Folio n° 3619)
K. BLIXEN	*L'éternelle histoire* (Folio n° 3692)
K. BLIXEN	*Saison à Copenhague* (Folio n° 4911)
BOILEAU-NARCEJAC	*Au bois dormant* (Folio n° 4387)
M. BOULGAKOV	*Endiablade* (Folio n° 3962)
M. BOULGAKOV	*J'ai tué* et autres récits (Folio n° 5012)
R. BRADBURY	*Meurtres en douceur* et autres nouvelles (Folio n° 4143)
L. BROWN	*92 jours* (Folio n° 3866)
S. BRUSSOLO	*Trajets et itinéraires de l'oubli* (Folio n° 3786)
R. CAILLOIS	*Noé* et autres textes (Folio n° 4955)
J. M. CAIN	*Faux en écritures* (Folio n° 3787)
MADAME CAMPAN	*Mémoires sur la vie privée de Marie-Antoinette* (Folio n° 4519)
A. CAMUS	*Jonas ou l'artiste au travail* suivi de *La pierre qui pousse* (Folio n° 3788)

A. CAMUS	*L'été* (Folio n° 4388)
T. CAPOTE	*Cercueils sur mesure* (Folio n° 3621)
T. CAPOTE	*Monsieur Maléfique* et autres nouvelles (Folio n° 4099)
A. CARPENTIER	*Les élus* et autres nouvelles (Folio n° 3963)
CASANOVA	*Madame F.* suivi de *Henriette* (Folio n° 4956)
M. DE CERVANTÈS	*La petite gitane* (Folio n° 4273)
R. CHANDLER	*Un mordu* (Folio n° 3926)
I. DE CHARRIÈRE	*Sir Walter Finch et son fils William* (Folio n° 4708)
J. CHEEVER	*Une Américaine instruite* précédé de *Adieu, mon frère* (Folio n° 4840)
G. K. CHESTERTON	*Trois enquêtes du Père Brown* (Folio n° 4275)
E. M. CIORAN	*Ébauches de vertige* (Folio n° 4100)
COLLECTIF	*Au bonheur de lire* (Folio n° 4040)
COLLECTIF	*« Dansons autour du chaudron »* (Folio n° 4274)
COLLECTIF	*Des mots à la bouche* (Folio n° 3927)
COLLECTIF	*« Il pleut des étoiles »* (Folio n° 3864)
COLLECTIF	*« Leurs yeux se rencontrèrent… »* (Folio n° 3785)
COLLECTIF	*« Ma chère Maman… »* (Folio n° 3701)
COLLECTIF	*« Mon cher Papa… »* (Folio n° 4550)
COLLECTIF	*« Mourir pour toi »* (Folio n° 4191)
COLLECTIF	*« Parce que c'était lui ; parce que c'était moi »* (Folio n° 4097)
COLLECTIF	*« Que je vous aime, que je t'aime ! »* (Folio n° 4841)
COLLECTIF	*Sur le zinc* (Folio n° 4781)
COLLECTIF	*Un ange passe* (Folio n° 3964)

Composition Bussière
Impression Novoprint
à Barcelone, le 7 avril 2010
Dépôt légal : avril 2010
ISBN 978-2-07-030994-8/Imprimé en Espagne.

170860